# l'AMOUR en 3D

## Ysidro FERNANDEZ

*Ce livre parle d'Amour. De l'amour dans le couple, de l'amour parental et fraternel, mais aussi de l'amour de soi, de l'amour de la vie, de l'amour de la vérité, et bien d'autres aspects de ce mot aux multiples facettes. J'avais écrit une centaine de pages psy sur la relation amoureuse, mais j'ai vite abandonné cette première version trop abstraite et soporifique à mon goût. Dès lors, j'ai tout repris à zéro pour vous proposer ce roman 2.0, une histoire interactive dont vous êtes le héros : le moteur principal de l'intrigue. À chaque étape de votre parcours, vous devrez faire des choix, en optant pour l'une des alternatives proposées, décisions qui modifieront la suite de l'aventure.*

*À la différence des livres classiques, vous pourrez relire cet ouvrage bon nombre de fois, sans avoir l'impression de revivre les mêmes expériences. Un peu comme dans la vraie vie, quand nous entamons une nouvelle relation après une séparation.*

*Avez-vous remarqué que deux points d'interrogation tournés l'un vers l'autre, de façon à laisser un vide au milieu, permettent de dessiner... un cœur ? Alors, si le cœur vous en dit, il ne vous reste plus qu'à prendre une longue inspiration pour plonger au cœur de l'aventure.*

*Larguez les amarres ! Et bon vent !*

≈ 0 ≈

# le Jardin

— Il serait sage de se réveiller, maintenant !

Vous émergez avec difficulté d'un profond sommeil. D'où provient cette voix ? Vous tentez d'ouvrir les yeux, mais la lumière vous aveugle. Vous avez mal au crâne, comme si l'on vous avait asséné une volée de coups de bâtons ou que vous aviez abusé d'alcool. Votre pensée est confuse. Vos membres sont douloureux. Tendre l'oreille vous demande un effort surhumain.

— Allons, allons, du nerf ! Ce n'est pas en faisant la sieste que l'on devient un héros !

Cette deuxième voix semble plus jeune que la première ; mais qu'importe, puisqu'en l'état actuel vous n'avez pas la force de dire un traître mot.

Après quelques instants qui vous paraissent une éternité, l'épais brouillard qui couvre votre cerveau se dissipe. Vous êtes couché dans l'herbe, au pied d'un arbre entouré d'eau. Juste sous votre nez : un parterre de trèfles gris. De trèfles à trois feuilles, pour être précis. Depuis quand gisez-vous ici ? Que vous est-il arrivé ? Êtes-vous malade ou blessé ?... Vous auscultez votre corps et constatez qu'il est un peu endolori, mais sans blessure apparente. Vos vêtements et vos cheveux, par contre, sont trempés, comme après un violent orage.

Après bien des essais et contorsions, vous vous mettez sur pied pour explorer les lieux.

L'arbre est de taille considérable, son tronc est aussi large que l'écartement de vos bras. Il se tient au centre d'une sorte de jardin circulaire d'une vingtaine de mètres. Autour, de l'eau à perte de vue. Et hormis cet océan infini ? Rien. A priori, personne ; sauf vous. Où êtes-vous ? Que faites-vous ici ?... Un sentiment désagréable se précise peu à peu : vous avez perdu la mémoire et vous êtes dans l'incapacité de dire votre nom, votre âge ou quelque autre élément concernant votre vie passée. Seule évidence : vous êtes vêtu de gris dans un monde en noir et blanc.

Il ne vous reste plus qu'à examiner plus en détail ce nouvel environnement. Deux singularités attirent tout de suite votre attention : les trèfles noirs qui poussent sur l'eau et les blancs qui croissent sur l'arbre. De plus, vous n'êtes pas l'unique être vivant en ces lieux. Un petit oiseau, genre colibri, volette de branche en branche et picore les trèfles blancs. Une minuscule couleuvre paresse sous les flots et se nourrit des trèfles noirs. Un scarabée, enfin, roule et s'alimente de sa boule d'excréments mélangée à des trèfles gris du sol. Chaque animal semble avoir son domaine protégé : l'arbre pour l'un, l'eau pour l'autre, le pré pour le dernier.

Passé les premières appréhensions, vous ressentez que vos colocataires ne sont pas dangereux. Ces cousins lointains paraissent plutôt manifester une certaine curiosité à votre égard ; peut-être vous voient-ils comme un extraterrestre débarqué d'une planète éloignée. Vous avez même cru déceler un je-ne-sais-quoi d'humain dans leur regard ; on aurait dit qu'ils cherchaient à communiquer avec vous… Mais vous avez mis tout cela sur le compte de la fatigue, de votre perte de mémoire et de la situation, pour le moins insolite, dans laquelle vous vous trouvez.

Vous venez d'effectuer trois tours de cet îlot aussi vide et exigu qu'une geôle. Malgré tout, vous espérez trouver un indice. Que faire ? Parler avec l'oiseau, le serpent ou le scarabée dans l'éventualité qu'ils vous renseignent sur votre sort ? Peut-être en arriverez-vous là quand vous n'en pourrez plus de ne pas avoir croisé un être humain depuis des lustres. Pour l'instant, vous croyez encore qu'il doit y avoir une explication simple et logique. De toute évidence, vous vous réveillerez sous peu et tout reprendra comme avant… Tiens ! Et si c'était un rêve ou un cauchemar ?… Oui. Pourquoi pas. Mais, rêve ou pas, il faut agir. Alors vous marchez et réexaminez les lieux.

Vous découvrez un dernier élément qui vous avait échappé jusque-là : trois portes sont taillées dans le tronc de l'arbre. Fermées ; et sans serrure. Sur chacune d'elles, un motif en forme de trèfle à trois feuilles ; un noir, un gris et un blanc pour terminer. Est-ce par là que vous êtes arrivé ?… Ces portes doivent mener quelque part. Vous vous asseyez à l'ombre du feuillage pour méditer tout cela. Manifestement, vous avez vu tout ce qu'il y avait à voir : un arbre, une mer et un pré ; un oiseau, un serpent et un scarabée ; trois types de trèfles et de portes ; un monde en noir, blanc et gris. Une bien mystérieuse trinité…

Après avoir tourné la situation dans tous les sens, vous concluez qu'il n'y a qu'un moyen de sortir d'ici : ouvrir et emprunter l'une des portes. Puisque leur couleur est semblable à celle des trèfles, la clé doit être de ce côté, analysez-vous. D'autres solutions plus risquées pourraient être envisagées, comme partir à la nage ou construire un radeau. Il sera toujours temps d'y recourir en dernier ressort, pensez-vous.

Par quel type de trèfle allez-vous débuter ? Votre instinct vous pousse vers les gris.

# les Trèfles Gris

Vous vous agenouillez parmi ces trèfles gris qui croissent à même le sol. Vous hésitez un instant, constatant que le scarabée a déposé une boule de ses excréments au pied de chaque plante. C'est sans doute un engrais efficace ; mais pouvez-vous les toucher sans crainte ?... À défaut d'alternative, vous tendez la main. Doucement. Très doucement même ; au cas où. Vous êtes aux aguets, comme un animal flairant une menace éventuelle. À peine avez-vous effleuré la plante, l'oiseau et le reptile s'agitent en tous sens, chacun dans son domaine, l'un sifflant, l'autre piaillant, comme s'ils voulaient attirer votre attention. Vous décidez de cueillir cette feuille de trèfle gris, sans tenir compte de leurs signaux.

Une fois récoltée, elle dégage un parfum subtil et enivrant. Vous vous rappelez à présent votre nom, votre passé et surtout pourquoi vous avez atterri dans ce lieu des plus étranges. Insatisfait de votre vie en général et de votre couple en particulier, vous avez eu le courage de vous jeter à l'eau et de larguer les amarres pour atteindre l'île légendaire de « Trifulos », dont on vous avait parlé. De là, vous a-t-on dit, vous pourriez embarquer pour « l'Archipel de l'Amour » et rencontrer le partenaire idéal.

Tout vous revient. Vous avez navigué, sans savoir si vous étiez sur la bonne route, en vous fiant à votre intuition et aux rares indications glanées, çà et là, avant votre départ. Et puis, vous avez entendu une voix ; comme une complainte ; une mélodie à la fois belle et terrifiante ; un mélange de chant d'oiseau, de voix humaine et de sifflement de serpent. Alors, malgré une légère appréhension, vous avez suivi ce chant. Vous avez été aspiré par un énorme tourbillon. Vous vous êtes évanoui… et vous vous êtes réveillé dans ce Paradis perdu.

Un picotement désagréable à la main droite vous arrache à vos souvenirs. Vous remarquez que cette dernière a perdu sa texture naturelle pour devenir aussi réfléchissante qu'un miroir. Vous avez les traits fatigués, mais c'est bien vous. Jamais votre reflet ne vous a causé autant de joie. Vous redoutiez de ne plus vous revoir… Vous savez enfin qui vous êtes et d'où vous venez, mais que va-t-il se passer désormais ? Où va vous conduire cette singulière aventure ? Vous n'en avez pas la moindre idée, mais vous vous sentez malgré tout plus en confiance qu'à votre réveil. Vous réexaminez la paume droite, et vous découvrez un tatouage de trèfle gris. Une intuition vous pousse vers la porte comportant ce dessin. Une fois devant, vous constatez en effet que les motifs sont identiques. Vous posez la main contre la porte, joignant ainsi les deux trèfles gris. L'effet est instantané : la porte s'ouvre et votre tatouage disparaît.

Vous entrez à l'intérieur de la cavité, mais vous êtes, de nouveau, dérangé par le serpent et l'oiseau. Cette fois-ci, ils ont quitté leur domaine respectif. L'oiseau s'est mis à tournoyer au-dessus de votre tête en poussant des cris perçants, tandis que le reptile est venu à quelques centimètres de vos pieds pour se hisser de la moitié de son corps en sifflant à la limite du supportable. La couleuvre se change alors en un majestueux cobra noir, et le colibri devient un flamboyant aigle blanc. À votre plus grande surprise, ils se mettent à parler.

— Bonjour, je suis « Anzu le Blanc », dit l'aigle.

— Et moi, « Naga le Noir », dit le serpent.

— Ne vous laissez pas séduire par cette langue de vipère, enchaîne l'oiseau.

— Méfiez-vous de cet oiseau de mauvais augure, ajoute le cobra.

— Avant de prendre cette porte grise pour partir à la recherche de l'amour, termine le volatile, venez chez moi cueillir un trèfle blanc, et je vous dévoilerai la Vérité qui se cache derrière l'Amour.

— Mais si vous préférez un de mes trèfles noirs, conclut le reptile, je vous révélerai, quant à moi, les secrets de la source de l'Amour.

*Que faites-vous ?*

> *Si vous ne voulez pas écouter ces étranges créatures, filez directement en < 7.a > (p. 53) pour emprunter la porte ouverte.*

> *Sinon, continuez page suivante.*

## ❧ 2 ❧

# *Naga & Anzu*

— Permettez-moi, étranger, de vous donner un conseil, dit l'aigle : vous n'avez rien à gagner à passer un pacte avec ce reptile. Essayez mes trèfles blancs plutôt que ses feuilles noires, et vous ne le regretterez pas.

— N'écoutez pas ses balivernes, oppose le cobra, ses offres ne sont que du vent.

— Du vent ? Moi, je propose à notre vénérable invité de découvrir l'Amour de la Vérité qui lui ouvrira les portes de l'Immortalité.

— L'immortalité ?… Laisse-moi rire vieux roublard ! Mais de quelle immortalité parles-tu ?

— Celle du Sage qui a transcendé l'Amour pour atteindre la Sérénité, lui répond l'aigle en se posant sur le sol.

— Écoutez-moi ça ! se moque le reptile en vous prenant à partie. La sagesse éternelle… Quel ennui. Une immortalité de femmelette, oui !

— Je ne te permets pas, ignoble macho, s'emporte le rapace !

— Tiens, voilà le sage Anzu qui sort de ses gonds…

— Puisque tu fais autant le malin, Naga, se reprend l'oiseau, dis-nous quelle est ton offre.

— L'Immortalité également. Mais pas celle de la

foule ; non, celle du Héros qui a chevauché l'Amour pour affronter mille épreuves et laisser son nom à la Postérité.

— Ah ! la voilà ton immortalité de pacotille !... Mourir en héros pour avoir éternellement son nom gravé sur des tablettes d'argile ! La belle affaire.

— Plutôt mourir en héros que vivre sagement pour l'éternité, lance le serpent qui a sorti sa langue à trois fourches.

— Plutôt vivre anonyme dans une grotte que mourir sur un piédestal adoré des foules, rétorque l'aigle dont les trois yeux se sont enflammés d'hostilité.

— Cela ne m'étonne pas de toi, Anzu, dit le cobra.

— Tu me déçois, Naga, dit l'oiseau.

— Quand descendras-tu de ta montagne pour mettre les pattes dans la boue du monde ?

— Et toi ? Quand accepteras-tu de te hisser au-dessus de tes aspirations bassement matérielles pour rejoindre les cimes du ciel ?

— Après toi, mon cher Anzu.

— Je n'en ferai rien, mon cher Naga. Monte le premier.

— Tu ne sais même pas nager !

— Tu ne sais même pas voler.

— Je vais te voler dans les plumes, moi ! Tu vas voir...

Sur ce, le reptile et l'oiseau s'empoignent, avec beaucoup de bruit et de poussière ; mais sans véritable dommage, au fond. On dirait une lutte rituelle qui s'origine dans la nuit des temps. Puis les deux énergumènes cessent leur querelle aussi subitement qu'ils l'avaient commencée.

— Excusez-nous de ce léger emportement, dit l'aigle en se lissant les plumes.

— C'est notre manière de débattre de choses et d'autres, dit le serpent en se remettant les écailles.

— Mais cela n'empêche pas, conclut pour sa part le volatile. Si vous goûtez aux trèfles blancs, je vous montrerais les voies de l'amour conduisant à la Sagesse Éternelle.

— Si vous préférez les trèfles noirs, comme je vous le conseille humblement, termine quant à lui le reptile, je vous initierais à la destinée amoureuse des Héros.

— C'est à vous de voir. Vous êtes libre, vous interpelle l'oiseau.

— C'est vrai. Après tout, c'est vous le vrai héros de cette aventure, dit le cobra.

— Mais attention, complète l'aigle en s'envolant dans les airs : si vous touchez un des trèfles qui pousse sur le domaine de « Naga le Noir », la porte de la sérénité vous sera fermée pour toujours.

— Prenez garde et réfléchissez avant d'adopter une quelconque décision, ajoute le serpent en retournant dans l'eau : si vous cueillez une des feuilles de l'arbre où vit « Anzu le Blanc », alors vous pourrez dire adieu à la légende et vous ne connaîtrez jamais l'éternité des étoiles qui brillent dans le firmament.

Les deux protagonistes vous abandonnent au milieu du Jardin, tout à vos réflexions… Vous sentant indécis, ils reviennent vers vous.

— Maintenant, dit le serpent, si vous hésitez entre nous deux…

— …si entre le blanc et le noir vous ne savez plus à quoi vous fier… enchaîne l'aigle.

— …alors il existe une troisième solution…

— …celle de demander conseil à Yasara.

— Yasara ? dites-vous.

— Notre Maître, répond l'un.

— Notre Maître à tous, complète son compère.

— Le visage à six faces…

— Le trèfle à six feuilles…

— Le Grand Point d'Interrogation ! clament-ils à l'unisson.

— Euh… et comment dois-je m'y prendre ? tentez-vous timidement.

— Facile, dit l'un : il suffit d'écrire son nom…

— …sur votre paume gauche… ajoute son acolyte.

— …avec une plume d'aigle blanc…

— …trempée dans du venin de serpent noir.

— Pour la plume, j'ai ce qu'il faut, dit l'aigle.

— Pour le venin, je suis tout indiqué, dit le serpent.

— Quant au reste, terminent-ils en duo, c'est entre vos mains !

*Qu'allez-vous choisir ?*

*> Vous décidez de consulter ce mystérieux Maître à six faces, afin qu'il vous aide à trancher entre l'aigle et le serpent, et vous vous retrouvez dès lors en <3> (p. 17).*

*> Vous faites alliance avec le serpent en <4> (p. 30).*

*> Vous passez un pacte avec l'aigle en <5> (p. 35).*

>>>

> *Vous préférez quitter ce lieu au plus vite en empruntant la porte ouverte en* <7.a> *(p. 53).*

# Yasara – I

Les deux animaux se sont imperceptiblement rapprochés avec un regard malicieux. Vous êtes sur vos gardes.

— Ne vous effrayez pas, dit l'oiseau.

— Juste une légère piqûre qui sera vite oubliée, dit le cobra.

— Tenez, voici la plume, dit le premier en l'arrachant et vous la tendant avec son bec.

— Et trempez-la ici, ajoute le second en sortant sa langue fourchue sur laquelle luit un liquide noirâtre.

Après un temps d'hésitation, vous avancez, prenez la plume, la plongez avec mille précautions dans le venin et la levez au-dessus de votre paume gauche... Vous observez avec angoisse les deux complices...

— Allez-y ! lance l'un.

— Vous n'en mourrez pas ! complète l'autre.

— Euh... ça s'écrit comment, son nom ? demandez-vous.

— Ah oui ! dit le serpent. On va vous l'épeler.

— C'est assez compliqué la première fois, dit l'aigle.

— On n'a pas idée ! s'emballe le cobra ; pourquoi ne pas avoir choisi un nom plus simple !?

— C'est vrai, renchérit l'oiseau. « ANZU », par exemple, c'est moins problématique.

— Ah bon. Tu trouves, toi ?! Moi, je n'ai jamais su s'il fallait mettre un « S » ou un « Z », dit sournoisement le reptile.

— Sûrement pas un « S » comme toi, rétorque le volatile avec cynisme. Et « NAGA », alors ? Ça prend un « U » ou ça ne prend pas de « U » ?… J'avoue que la question est difficile à trancher…

— Et avec mes dents, tu penses qu'elle serait plus facile à trancher… ta gorge ? invective le serpent qui a sorti sa langue à trois fourches et s'est mis en position de combat.

— Essaie toujours ! défie l'aigle avec ses trois yeux de feu. Et je me ferai un plaisir de transformer un « S » de ton espèce en trois points de suspension !…

À nouveau, les deux éternels frères ennemis sont prêts à s'empoigner.

> *Si vous intervenez avec délicatesse pour leur rappeler votre présence, allez en <3.a> (p. 20).*

> *Sinon, continuez page suivante.*

L'aigle et le serpent fondent derechef l'un sur l'autre et s'affrontent dans une lutte sans fin qui dure depuis les matins du Monde, avec heureusement quelques phases de repos pour reprendre leur souffle. Ils s'emmêlent tellement que vous ne savez plus qui est qui. Le cobra tient fermement dans sa gueule les pattes de l'oiseau qui serre en son bec la queue du reptile. Ils forment à présent une roue qui tourne et s'agrandit de plus en plus. Tel un immense trou noir en forme de zéro, cette dernière entraîne et avale tout sur son passage. Vous y compris ; évidemment… Vous perdez connaissance et vous oubliez tout ce que vous venez de vivre.

> *Vous n'avez plus qu'à tout recommencer à <0> (p. 5).*

<3.a>

Vous toussotez et tentez de calmer le jeu.

— Euh… je fais quoi, moi, avec cette plume, là ? demandez-vous avec moult précautions.

— Hein !?… s'interrogent en chœur les deux animaux qui sont à présent en arrêt sur image.

— Nous étions, continuez-vous, en train d'écrire le nom de… (comment c'est son nom, bon sang !… Ah, oui. Ouf !) …Yasara, sur ma main.

— Ah oui ! s'exclame l'aigle, recrachant la queue du serpent.

— Où avions-nous la tête ! ajoute le reptile, lâchant les griffes de l'oiseau.

— Mille excuses, dit l'un.

— Nous sommes impardonnables, dit l'autre.

— Nous en étions à quelle lettre ?

— Euh… vous n'aviez pas commencé, répondez-vous.

— Et bien qu'attendons-nous ! dit l'un des comparses.

— C'est à qui de démarrer, déjà ?

— Tu sais bien que c'est toujours toi le premier.

— C'est vrai, confirme le serpent. « Y », donc.

Avec beaucoup d'appréhension, vous posez la plume sur votre paume gauche et écrivez. Vous êtes surpris par la soudaine coloration rouge sang du venin, tant vous vous étiez accoutumé à vivre dans un monde en noir et blanc. Ça pique. C'est douloureux, même. Pas de doute ; c'est votre sang. Il s'enflamme brutalement, comme une traînée d'essence. La lettre gravée est devenue une plaie au sang coagulé. Vous n'avez plus mal, mais le malaise est proche. Vous détournez les yeux.

— Vous voyez, reprend l'oiseau, ce n'est pas pire que d'aller chez l'arracheur de dents.

— Qu'est-ce que tu en sais !? dit le serpent. Tu as des dents, toi, maintenant ?!…

— Non. Mais si tu continues on sera bientôt deux ! Aie, aie, aie !…

— Eh ! Oh ! criez-vous à leur encontre, étonné par votre propre audace.

— Excusez-nous, se confondent-ils, comme deux garnements surpris à chaparder dans votre jardin.

— Je commence à avoir des crampes, ajoutez-vous pour tenter d'adoucir l'atmosphère.

— Bon. Un peu de sérieux, Naga.

— Concentrons-nous, Anzu.

— C'est à mon tour, dit l'aigle. « A ».

— « S », complète le reptile.

— « A », enchaîne l'oiseau.

— « R ».

— « A ».

Voilà. Ouf ! C'est terminé !… Sur votre paume est à présent écrit « YASARA » en lettres de feu. Les plaies se cicatrisent peu à peu.

— Et ensuite ? demandez-vous impatient de consulter ce Maître invisible au nom plus que biscornu.

Pour toute réponse, les deux acolytes s'écartent, comme s'ils prévoyaient quelque catastrophe.

— Surtout n'ayez pas peur, dit l'un.

— Vous verrez, c'est très surprenant mais sans danger, dit l'autre.

— Quoi ?

La réponse vient tout de suite… de votre main. Elle s'enflamme. Le feu est saisissant, extrême ; mais vous ne sentez rien. Hypnotisé par les flammes, vous n'arrivez pas à détourner le regard. Vous envisagez de vous enfuir à toutes jambes et de vous jeter à l'eau pour éteindre ce feu de braise ; impossible de bouger. Une voix intérieure vous dit d'avoir confiance. Par le plus grand des miracles, votre main reste inchangée et n'est ni carbonisée ni transformée en cendres. Puis, le feu augmente en intensité de manière fulgurante. Il vous semble qu'un puissant laser sculpte les six lettres de feu dans votre paume ; jusqu'à percer la chair. En creux, c'est le vide qui dessine à présent ce nom énigmatique. Vous aimeriez crier. Crier pour vous réveiller d'un mauvais rêve qui n'en finit pas. Mais aucun son ne sort de votre bouche. Votre main est trouée et en feu, mais vous éprouvez un apaisement extraordinaire. Toutes les tensions accumulées depuis votre naissance sont parties en fumée. Vous êtes nu. Complètement vide et nu, comme au premier jour. Vous fermez la main. Vous fermez les yeux. Une vague monte alors du fond des âges et du tréfonds de vous-même. Une pluie noire se met à tomber. Vous pleurez…

Vous pleurez sur toutes ces souffrances passées, ces proches que vous ne reverrez plus. Vous pleurez sur tous ces amours déçus ; ces occasions ratées ; ces mots blessants que vous ne pensiez pas vraiment. Vous pleurez sur toutes ces personnes que vous avez vu souffrir. Vous pleurez de n'être pas assez fort pour vous suffire à vous-même et d'avoir besoin constamment d'un autre à vos côtés. Vous pleurez sur votre solitude, votre manque, votre imperfection, votre peur de mourir. Vous pleurez sur ce monde trop égoïste où il faut se battre sans cesse pour ne pas finir écrasé. Vous pleurez de n'avoir pas entendu depuis longtemps un vrai « je t'aime » sincère et désintéressé. Vous pleurez sur vous-même. Vous pleurez parce que vous avez envie qu'on vous aime.

Et puis, une nouvelle vague aussi puissante que la première vous déborde ; mais de larmes blanches cette fois-ci. Vous pleurez du simple bonheur d'être toujours en vie. Vous pleurez en souvenir de ces merveilleux moments que vous avez vécus, ces êtres aimants que vous avez connus, ces cadeaux que vous avez reçus. Vous pleurez en imaginant les premiers pas d'un enfant, la main ridée d'un vieillard, le visage de vos parents. Vous pleurez sur ces milliards de secondes qu'il vous reste à vivre, ces rêves à réaliser, ces ailleurs à découvrir, ces gens à rencontrer. Vous pleurez la tête haute, fier d'être ce que vous êtes, humain parmi les humains, vivant parmi les vivants, grain de sable sur la dune du temps. Vous pleurez pour laver la poussière, nourrir le sol et fleurir les déserts. Vous pleurez pour inonder le monde d'un sourire qui lui fasse éviter le pire. Vous pleurez jusqu'à plus soif pour noyer ce feu intérieur qui vous consume.

Les larmes s'évaporent…

Le feu s'éteint…

Après des minutes interminables, vous essayez de reprendre vos esprits. Vous rouvrez les yeux et découvrez l'aigle et le serpent qui se sont rapprochés de vous. Leurs yeux sont embués. Ont-ils compati à votre incroyable expérience ? Silence… Toujours fermée, votre main gauche reparaît normale. Du moins à première vue. Vous sentez à présent quelque chose de dur à l'intérieur. Vous n'osez pas l'ouvrir. Vos deux animaux d'étrange compagnie ne semblent pas inquiets ; au contraire, ils vous invitent à la confiance. Alors lentement, très lentement, d'une lenteur dont vous vous seriez cru incapable, vous étirez un à un les doigts, des fois qu'un monstre ou quelque autre bête surnaturelle vous saute au visage… Mais rien de spécial. Juste un petit objet au creux de votre paume ; encore tiède comme s'il sortait tout droit des forges de l'enfer ou du soleil. Un cube blanc à points noirs. Un dé. À six faces.

Vous l'inspectez avec précaution. Il s'apparente à n'importe quel dé, hormis la face du six qui comporte le dessin d'un trèfle à six feuilles. Six pétales : jaune, vert, bleu-vert, bleu, rose et rouge. Les yeux de vos hôtes se sont mis à briller ; on dirait des enfants attendant une distribution de friandises.

— Voilà, dit l'oiseau. Vous pouvez dorénavant invoquer Yasara.

— Pour cela, complète le cobra, il vous suffit de lancer le dé.

— Et après ? demandez-vous.

— C'est à vous de voir, dit l'un.

— Faites-le une fois, et vous comprendrez, ajoute l'autre.

Vous prenez alors une profonde inspiration et envoyez le dé ; assez loin, au cas où… Vos deux compagnons se sont d'ailleurs écartés pour laisser place à on ne sait quoi. Vous êtes prêt à tout… De toute façon, après cette expérience, plus rien ne peut vraiment vous surprendre. Le dé s'immobilise au sol et prend racine. De chacune des six faces se détache une tige qui grimpe, et grimpe, s'arrêtant à moins de deux mètres. Les deux du milieu sont les plus hautes, celles qui sont à droite ensuite, et les deux de gauche enfin. Au bout de chaque rameau, apparaît alors un bourgeon qui s'ouvre pour donner naissance à… une tête humaine ! Six visages aux longs cous végétaux : une Fille, un Garçon, une Femme, un Homme, une Vieille femme, un Vieillard.

— Vous vouliez me poser une question ? interrogent les six têtes à la fois.

— Euh… répondez-vous sans pouvoir aligner un seul mot face à ce personnage plus qu'insolite.

— C'était pour l'aider à choisir entre moi et Anzu, s'interpose le serpent.

— On t'a sonné ? lance l'Homme.

— Faut toujours qu'il se mêle de ce qui ne le regarde pas, celui-là, dit la Vieille.

— Et ça ne date pas d'aujourd'hui, confirme l'ancien.

— Retourne jouer dans ta mare, dit la Fille.

— Oh ça va ! Ça va !… marmonne le reptile en se retirant dans un coin.

— Voilà, intervenez-vous enfin, le serpent et l'aigle m'ont proposé de cueillir un des trèfles qui pousse sur leur domaine, en argumentant que j'avais tout à y gagner. J'hésite…

— Le serpent ! dit le Garçon.

— T'es fou ! rétorque sa sœur ; vaut mieux l'aigle.

— Allons, allons les enfants ! dit leur grand-père.

De la retenue. La question est sérieuse et ce n'est pas avec des « j'aime », « j'aime pas » que nous allons progresser.

— Pépé a raison, renchérit la Femme.

— Moi, si j'étais à votre place, propose la grand-mère, je suivrais l'oiseau blanc. Il m'a l'air sérieux et plein de bonnes intentions. L'autre, je ne sais pas pourquoi, je ne le sens pas.

— Voyons Mamie, dit son mari, si tu n'aimes pas les serpents n'en dégoûte pas les autres...

— Qu'escomptez-vous de l'amour ? demande alors la Femme.

— Moi ?

— Selon vos aspirations, dit son époux, il est évident que l'aigle ou le serpent ne vous apportera pas le même bénéfice.

— Chacun a ses avantages... dit la Fille.

— ...et ses inconvénients, complète son frère complice.

— À trop avoir la tête dans les nuages... dit le Vieux.

— ...vous risquez de marcher sur un serpent venimeux, enchaîne son épouse.

— Et à trop regarder où vous mettez les pieds... dit la Femme.

— ...un oiseau peut vous chier dessus, termine l'Homme.

— Mais puisque notre invité nous a posé une question précise, dit l'ancien, essayons de lui donner quelques pistes. Fiston ?...

— Ça sent le piège, démarre le petit d'homme. Un serpent noir d'un côté ; un aigle blanc de l'autre. Le bon et le méchant. Trop simple. Moi, je me méfierais…

— Le mauvais n'est pas forcément celui qu'on croit, renchérit le père.

— Et, oh !… Attendez, attendez !… intervient l'ancienne. Un serpent reste un serpent, et que je sache, je n'ai jamais été mordue par un oiseau, à ce jour !

— Si. Pépé, lance le Garçon, faisant rire toute l'assemblée.

— C'est vrai que c'est un drôle d'oiseau, avoue la Vieille en contemplant son mari.

— Les oiseaux sont plus gentils que les serpents, dit la Fille.

— Voilà. Quatre voix pour l'un, deux pour l'autre, résume le grand-père. À présent, c'est à vous de décider.

Oui. Bon. Tout cela n'est pas très clair dans votre esprit. Vous avez également la sensation d'être plus confus qu'avant.

— Ne vous affolez pas, vole l'aigle à votre secours. C'est toujours déroutant la première fois. Avec l'habitude, vous entendrez une mélodie émerger de cette cacophonie à six voix.

— C'est comme l'apprentissage d'un instrument à six cordes, complète le serpent.

— Ils ont raison, dit la Femme ; laissez reposer, et vous aurez un déclic.

— De toute manière, dit l'Homme, votre choix sera le bon choix. C'est celui que vous deviez faire, que vous pouviez faire, à ce moment-là. Cela ne sert à rien de regarder en arrière pour vous demander ce qui se serait passé si vous aviez pris l'autre chemin.

— Il n'y a qu'un chemin, dit la Vieille.

— Celui où vous marchez, conclut le Vieux.

— Si vous désirez nous consulter une nouvelle fois à l'avenir… dit le Garçon.

— …ce sera avec plaisir, enchaîne sa sœur. Vous n'aurez alors qu'à jeter le dé…

— …et je serai là ! clament les six personnages en chœur.

Les têtes se refont alors bourgeon et les tiges rétrécissent. Dans un mouvement inverse, le dé reprend sa forme initiale, rebrousse chemin et se retrouve dans votre paume.

— Fermez la main, propose l'aigle.

— N'ayez crainte, assure le serpent, il ne se passera rien d'impressionnant cette fois.

Au point où vous en êtes, vous écoutez leur conseil. Vous sentez alors le dé se fondre en dégageant un brin de chaleur. Vous rouvrez la main et constatez que le dessin de la face six est désormais gravé là, tel un tatouage indélébile.

— Ainsi, vous ne le perdrez pas, dit l'oiseau.

— Pour réinterroger Yasara… dit le reptile.

— …il vous suffira de fermer les yeux et de répéter mentalement trois fois son nom…

— …pour le voir réapparaître.

Vous les regardez, circonspect. Puis vous suivez leur suggestion. Le dé est de nouveau là, puis le tatouage. Vous reproduisez quatre, cinq fois la manœuvre, pour vous assurer que vous n'avez pas perdu cette aide précieuse dont vous imaginez, sans peine, qu'elle pourra vous être fort utile pour la suite de votre aventure.

— J'espère, dit l'aigle, que Yasara vous a convaincu

de cueillir un de mes trèfles blancs.

— Quant à moi, dit le cobra, je suis persuadé que vous avez saisi tout l'intérêt de choisir mes trèfles noirs.

*Que faites-vous ?*

> *Vous faites alliance avec le serpent en <4> (p. 30).*

> *Vous passez un pacte avec l'aigle en <5> (p. 35).*

> *Vous empruntez la porte ouverte en <7.a> (p. 53).*

## ❧ 4 ❧

# *les Trèfles Noirs*

Vous avez pris la courageuse décision de vous fier au serpent en cueillant un trèfle noir. Avec moult précautions, redoutant quelque épine cachée, vous récoltez alors la fleur de l'ombre. Pendant un bref instant, vous avez un doute : et si vous aviez pris le mauvais chemin ?... Mais il est déjà trop tard : la feuille a libéré dans l'atmosphère un parfum envoûtant accompagné d'un nuage de fumée. Lorsqu'il se dissipe, apparaît alors un escalier sommaire sur lequel se tient un homme immobile. Tel un dieu descendant de l'Olympe, il vient à votre rencontre et vous découvrez alors, devant vos yeux émerveillés, l'archétype du Héros : grand, fort, bronzé, beau comme une statue grecque, le regard perçant, des cicatrices retraçant quelque aventure périlleuse.

— Naga, pour vous servir, déclare le Héros en vous tendant la main.

Vous remarquez qu'il porte autour du cou un médaillon blanc gravé de signes noirs kabbalistiques.

— Enchanté, dites-vous intimidé.

— Alors, vous êtes venu chercher l'amour ? demande–t-il sans transition.

— Euh… oui. D'une certaine manière.

— Alors, laissez-moi tout de suite vous mettre au

parfum. Avec moi, vous ne gaspillerez pas votre temps en d'inutiles bavardages. Heureusement pour vous, car si vous aviez choisi de monter dans l'arbre d'Anzu, il vous aurait baratiné pendant des heures avec un discours soporifique, pour aboutir au même point. Donc, voici la question capitale : aviez-vous déjà remarqué que, depuis la nuit des temps, tous les vrais héros sont de grands solitaires ?... Attention ; hein ! Solitaire ne veut pas dire seul. Ils ont souvent des compagnons de fortune ; ils croisent l'amour ; mais tout cela n'est pas le but de leur quête. Ce n'est qu'un moyen de prouver leur force et leur courage en se lançant de nouveaux défis... Alors ? Vous l'aviez constaté, comme moi ?

— Euh...

— J'en étais sûr, enchaîne l'ex-serpent qui ne vous laisse même pas terminer votre phrase... Tiens, prenons le cas d'Ulysse. Vous voyez de qui je veux parler ?

— Oui.

— Tant mieux. Parce qu'un héros a autre chose à faire qu'à débiter des histoires, comme cet Anzu en pantoufles. Le Héros, lui, il fait l'Histoire ! Et bien Ulysse, justement ; les Circé et autres Calypso qu'il croisa sur sa route, vous croyez qu'il est resté avec, pour torcher les mioches ?... Non ! Le danger. La bataille. Braver la mort. Combattre le mal. Voilà notre véritable destinée !

— Euh... je croyais qu'à la fin il avait retrouvé sa bien-aimée, tentez-vous avec hardiesse.

— Voilà comment on sacrifie des générations entières de futurs héros !... Bien sûr, c'est faux ! Ils ont réécrit l'Histoire. Vous vous figurez qu'après toutes ces péripéties, il allait se contenter d'attendre, chaque nuit, que sa chérie vienne lui donner un baiser, avant de s'endormir ?... Allons ! Soyons sérieux ! Ce ne sont que des romans à l'eau de rose ; des contes pour gamins ; des fables comme aime les raconter ce gentil Anzu : « Tout est bien qui finit bien ; ils se marièrent et eurent beaucoup d'enfants... » Balivernes ! Un Héros n'a pas besoin d'enfants. Son unique descendance, c'est sa légende qu'il laisse pour éclairer l'avenir de l'Humanité !

— À propos de phare... dites-vous.

— Oui ?

— On m'a dit que, par ici, je pourrais rejoindre les Îles de l'Amour.

— Vous êtes bien renseigné. Essentiel, un bon renseignement, quand on part à l'aventure.

— Où dois-je me rendre ?

— À Trifulos. Le port d'embarquement, derrière la porte grise.

— Je vais y aller, alors, dites-vous en vous éloignant.

— Attendez ! vous rattrape le Héros. Comme vous m'avez l'air fort sympathique, je vais vous dévoiler un dernier secret. Mais pour cela, il vous faudra manger la feuille.

— Pardon ? dites-vous craignant d'avoir compris.

— Mangez cette feuille noire qui m'a donné figure humaine, et vous saurez ce qui est inscrit sur ce médaillon, termine le demi-dieu en vous montrant son pendentif.

Vous ouvrez alors la main, dans laquelle vous serriez fortement le trèfle noir, depuis le début de la conversation. Il est écrasé, certes, mais il semble mangeable. Vous hésitez plus qu'un peu. Votre hôte s'en aperçoit.

— Vous avez peur, n'est-ce pas ?

— Euh, oui, avouez-vous embarrassé.

— Vous n'avez pas à rougir, dit votre mentor ; un Héros n'est pas un surhomme ; ni un dieu. La différence essentielle entre un faible et un fort, voyez-vous, c'est que le faible cachera sa peur pensant que l'idéal est de n'être jamais pris en défaut ; le fort, lui, en fera une force. C'est cela être un vrai Héros : affronter et surmonter sa part d'ombre ; sans fin. Laissons la perfection et la lumière sans ombre aux adeptes d'Anzu ; qu'ils ne s'étonnent pas si un jour ils deviennent aveugles !

— Ne vous vexez pas, mais… on raconte tant d'histoires à votre sujet…

— Ne vous inquiétez pas, j'ai l'habitude. Je n'ai pas le meilleur rôle dans ce casting. Mais ce n'est pas plus mal, au fond ; cela renforce mes propos… Vous pensiez à l'arbre, le serpent, la pomme, le châtiment et tout le reste ?…

— En quelque sorte, oui.

— Que voulez-vous, je ne vais pas refaire l'Histoire… Mais sachez, pour votre gouverne, qu'Anzu et moi sommes frères du même sang ; fruits du même arbre et pousses de la même terre. Jumeaux de surcroît. Pas des vrais, bien entendu : faux jumeaux. Collés l'un à l'autre pour l'éternité, comme les deux faces du « médaillon de Yasara » que je porte au cou… Si l'un meurt, l'autre disparaît. C'est pourquoi nos disputes ne sont qu'un jeu amoureux. L'éternel jeu cosmique de la création… À l'origine, voyez-vous, nous étions identiques, à une exception près : lui tirait perpétuellement vers le haut et la lumière ; et moi vers le bas et l'ombre. À force, d'un seul corps nous sommes devenus deux ; Anzu gardant le Ciel, moi les Eaux souterraines, et la Terre en partage.

— Et ce médaillon, il signifie quelque chose ?

— Bien sûr... dit-il évasif. Vous souhaitez le voir de plus près ?

Ce dernier vous tend alors l'objet sur lequel vous découvrez un genre d'idéogrammes cabalistiques qui s'enroulent en spirale pour se terminer, au centre, par un serpent noir.

— C'est en quelle langue ? demandez-vous.

— Celle de Yasara. Une trentaine de signes bien plus anciens que les premiers écrits humains. Alors, vous la mangez cette feuille ?

> *Si vous préférez ne pas manger un trèfle noir poussant sur le domaine du serpent, filez directement en <7> (p. 48) pour quitter au plus vite ce Jardin.*

> *Sinon, allez en <6> (p. 41).*

# *les Trèfles Blancs*

Vous avez pris la sage décision de cueillir un trèfle blanc, en faisant confiance à l'oiseau.

Sans plus d'hésitation, vous prenez une des feuilles. Une puissante lumière blanche jaillit alors de l'arbre, vous enveloppe et vous aveugle. Vous êtes obligé de reculer de quelques pas en vous protégeant les yeux. Vous devinez une ombre qui s'avance en s'appuyant sur un bâton noueux. Apparaît alors un digne vieillard courbé, portant barbe et vêtements blancs. La lumière baissant, vous vous approchez pour mieux contempler cet être quasi surnaturel. Vous découvrez qu'il porte au cou un médaillon noir gravé de signes blancs ressemblant plus ou moins à des hiéroglyphes. La force de paix et de sérénité qui se dégage du vieil homme vous fait oublier toutes les craintes et les soucis habituels. Vous éprouvez un sentiment nouveau de calme et d'harmonie avec le Monde. Très long silence… Il se contente de vous regarder droit dans les yeux, sans cligner une seule fois du regard. De toute évidence, vous êtes devant un maître qui pourra vous montrer le chemin de l'Amour, du Bonheur et de la Vérité… Toujours le silence, que vous interprétez comme une communication d'esprit à esprit. N'est-ce pas la marque du véritable Amour ? Vous vous sentez proche des réponses à votre quête. Non ; plutôt, de LA réponse… Vous cherchez une pensée pour meubler ce blanc de plus en plus pesant, mais votre cerveau semble en panne. Votre sensation initiale de joie et de paix se change rapidement en angoisse. Pourquoi reste-t-il mutique ? Ce silence devient insupportable. Quoi dire ?… Si au moins vous vous rappeliez son nom, vous pourriez engager la conversation. Vous n'allez tout de même pas parler de la pluie et du beau temps avec un sage ?… Bon sang ; comment s'appelle-t-il, déjà ?… Nagu ? Ganza ? Non. Nazu ; ou alors Zanga. Non plus. Vous mémoire vous refait-elle défaut ?… Tant pis. Vous n'avez pas le choix.

— Euh… vous êtes bien l'aigle blanc de tout à l'heure ? tentez-vous timidement.

— Lui-même. Anzu, pour vous servir.

Ouf ! Le plus dur est passé. Anzu ; vous l'aviez sur le bout de la langue. Pourquoi ne se choisissent-ils pas des noms plus faciles à retenir ?!… Heureusement qu'il a ouvert la bouche, car vous imaginiez qu'il était muet. C'est vrai, ce n'est pas commun un sage muet ; mais il y a bien des voyants aveugles !… C'est reparti. Le répit n'a été que de courte durée ; le silence suffocant envahit de nouveau l'atmosphère. Que faire ?… Eurêka ! Vous avez trouvé la clé : de toute évidence, vous êtes devant une sorte de sage à l'ancienne mâtiné d'un psy ; la version moderne du guide spirituel, quoi. Et, comme chacun sait, les psys ne causent guère. Il paraît que cela peut même durer trois quarts d'heure, hormis « bonjour, bonsoir ». Ce singulier dialogue de sourds en prend manifestement la tournure…

— Je peux vous raconter mon enfance ou mes déboires amoureux, si vous le désirez ? reprenez-vous.

— Pour quoi faire ? dit le vieillard.

Sa réponse vous désoriente. Vous vous étiez préparé à un long monologue, et voilà qu'il vous questionne, maintenant !

— J'ai pensé que cela vous permettrait de mieux me connaître, ajoutez-vous.

— Et pour quoi donc, je vous prie ?

— Pour... vous aider à orienter vos réponses.

— Mais, moi, je n'ai pas de réponse ! Je n'ai que des questions.

— Ah...

— Comme celle-ci, par exemple : « Pourquoi avez-vous cueilli un trèfle blanc plutôt qu'un noir ? »

— Je ne sais trop...

— Pourquoi l'aigle et pas le serpent ? Pourquoi la lumière plutôt que l'ombre ?

— Ouh ! Il y a beaucoup de questions.

— C'est la même. Il n'y a qu'une question : « Que cherchez-vous ici ? »

— L'amour, répondez-vous sans réfléchir.

— Alors qu'attendez-vous pour prendre la porte grise et partir à sa recherche ?

— Vous préférez que je parte ?... Je vous fais probablement perdre votre temps...

— Je ne veux rien ; c'est vous qui voulez quelque chose. Quant au temps, j'en ai plus qu'il m'en faut ; le vôtre, par contre, est compté. Alors pourquoi gâcher des minutes aussi précieuses à discuter avec un vieillard sénile, sous prétexte qu'il a les attributs du sage ?

— Les attributs ?

— La vieillesse, la barbe, le bâton, la lumière, le blanc… Et de l'autre côté : le noir, le serpent… Même un enfant ne serait pas tombé dans le piège.

— Un piège !?

— Et pourquoi pas ?

— Non. Je ne vous crois pas. Vous dites cela pour me tester ; je l'ai lu dans des livres. Il paraît que certains maîtres d'Orient …

— Vous lisez trop de livres ! coupe le Sage qui commence un peu à vous agacer, même si vous n'osez pas vous l'avouer.

Un ange passe…

— Si vous aviez moins choisi avec votre tête et plus avec vos tripes, vous auriez préféré la compagnie de Naga, et vous n'en seriez pas là, reprend le sage.

— Vous voulez dire que j'aurais dû écouter le serpent ?

— Qui croyez-vous qu'est Naga ? Qui croyez-vous que je suis ? Nous formons, en fait, les deux faces d'une même pièce, comme ce « médaillon de Yasara » que je porte au cou. Deux jumeaux, si vous préférez ; collés l'un à l'autre pour l'éternité. Au commencement, il n'y avait qu'une légère différence entre nous : Naga préférait le bas et le noir, et moi le haut et le blanc. Et je n'ai pas choisi le blanc parce qu'il est meilleur ; c'est Yasara qui en a décidé ainsi. « Bien. Mal. Vérité. Illusion. Bonheur. Souffrance. Lumière. Ombre. Paradis. Enfer… » Tous ces mots-là ne désignent pas grand-chose, pour nous. Si j'avais été plus porté par l'ombre d'en bas et mon frère l'opposé, cela n'aurait guère changé. Mais toujours est-il qu'à force de tirer chacun de notre côté, nous nous sommes déchirés ; au sens propre plutôt qu'au figuré. Depuis, nous nous répartissons ainsi le Monde : à lui les Eaux souterraines, à moi le Ciel, et la Terre en partage. Mais bon. Je ne vais pas vous ennuyer avec ces histoires anciennes…

— Non, au contraire. Je suis très intéressé. Et ce médaillon, il signifie quelque chose ?

— Bien sûr… répond-il évasif. Vous désirez le voir de plus près ?

Ce dernier vous tend alors l'objet sur lequel vous découvrez des idéogrammes mystérieux qui s'enroulent en spirale pour se terminer, au centre, par un aigle blanc.

— C'est en quelle langue ?

— Celle de Yasara. Une trentaine de signes bien plus anciens que les premiers écrits de l'Humanité.

— Ah… Soit. Je vais démarrer par une relation amoureuse tout ce qu'il y a de plus ordinaire, dites-vous après un léger temps de réflexion.

— Voilà une sage décision. Avant de s'attaquer au toit, il faut poser les fondations.

— Vous voulez dire qu'après…

— Vous verrez. Vous verrez… tempère votre interlocuteur. Arrêtez de chercher, et vous trouverez.

— Arrêter de chercher ?

— Cette quête vous a maintenu incontestablement éloigné de la réponse, depuis toutes ces années. Oubliez un peu la Lumière, et vous y verrez un peu plus clair.

— Et l'amour, alors, demandez-vous ?

— Avec ou sans majuscule ? s'enquiert le vieillard avec malice.

— Sans. J'entame un régime, répondez-vous content

d'avoir retrouvé le sourire.

— Dans ce cas, empruntez la porte grise qui vous donnera accès au port de Trifulos. De là, vous pourrez embarquer vers l'Archipel de l'Amour.

— Merci, dites-vous tout en vous éloignant.

— Attendez ! vous rattrape le vrai-faux sage.

— Oui ?

— À défaut de Lumière, je peux vous dévoiler un secret. Mais pour cela, vous devez manger la feuille.

— Pardon ? dites-vous craignant d'avoir compris.

— Mangez cette feuille qui m'a donné figure humaine, et vous saurez ce qui est inscrit sur ma face du médaillon de Yasara.

Vous ouvrez alors votre main, dans laquelle vous serriez fortement le trèfle blanc, sans vous en rendre compte. Ce dernier est certes écrasé mais mangeable, à première vue.

> *Si vous préférez ne pas manger un trèfle blanc poussant sur le domaine de l'aigle, filez directement en <7> (p. 48) pour quitter au plus vite ce Jardin.*

> *Sinon, continuez page suivante.*

## ❧ 6 ❧

# *Manger la feuille*

Après une légère hésitation, vous avalez le trèfle d'un coup, comme un médicament au goût chimique prononcé. Vous vous attendez à tout. Mais il ne se passe rien. Du moins en apparence.

— Euh… Je ne vois rien de particulier, lui dites-vous après un temps d'expectative.

— Normal, vous avez les yeux ouverts. Fermez les yeux, regardez votre paume droite, puis répétez mentalement trois fois mon nom. Le projecteur se mettra alors en marche.

— Et que va-t-il se passer ?

— Voyez par vous-même !

Vous suivez ses conseils, et une image diffuse apparaît alors dans votre esprit.

— À présent, vous pouvez rouvrir les yeux, termine votre interlocuteur.

La magie opère en moins de temps qu'il ne faut pour le dire. Vous êtes ébahi. Stupéfait. Les mots vous échappent, vous manquent. Vous restez subjugué, fasciné par l'apparition quasi extraterrestre qui s'affiche sur votre paume droite. Jamais vous n'avez vu une telle beauté. Jamais vous n'avez croisé un regard aussi profond. Jamais vous n'avez senti une telle assurance. Jamais vous n'avez observé une telle perfection chez une créature humaine. En bref : jamais vous n'avez été aussi amoureux, qu'à cet instant. Mais à peine avez-vous le temps de rêver des possibles que la vision disparaît aussi mystérieusement qu'elle était apparue.

Vous restez un moment sans voix, abasourdi d'avoir vu, de vos yeux vu, ce que vous attendez et sentez dans le tréfonds de votre âme et de vos tripes depuis longtemps. Vous vous tournez alors vers votre hôte qui a assisté à votre surprenante expérience avec un certain contentement. Il a deviné vos pensées.

— Vous vous demandez si ce n'est qu'un rêve et si cette personne existe vraiment, n'est-ce pas ?

Comme vous n'avez pas la force de répondre autre chose qu'un hochement de tête approbateur, il enchaîne.

— Vous pouvez vous retrouver ; en chair et en os. L'aimer, si vous le souhaitez. Vivre avec, même. Enfin, c'est votre problème…

— Qui est-ce ?

— Allons ; vous ne l'avez pas reconnu ?… Ce n'est rien d'autre que votre Idéal. Votre Idéal fait chair.

— Mon idéal ?

— En personne.

— Où puis-je le rencontrer ?

— Ici même.

— Ici ?

— Vous n'avez jamais été aussi près du but.

— Où ça ?

— Juste derrière la porte qui affiche un trèfle à ma couleur.

Vous vous approchez de cette fameuse porte. Vous la caressez avec délicatesse, comme s'il s'agissait de l'être aimé.

— La porte est fermée, constatez-vous.

— L'histoire n'est pas finie, et vous avez encore bien du chemin à parcourir...

— Ah bon !?

— Pour ouvrir cette porte, il vous faudra quitter ce Jardin et rentrer dans la cité de Trifulos, puis trouver la clé qui vous permettra d'embarquer pour l'Archipel de l'Amour, et revenir enfin ici pour accéder au Paradis.

> *Si vous étiez avec l'aigle-Sage, continuez en <6.b> (p. 46).*

> *Si vous étiez avec le serpent-Héros, continuez page suivante.*

Vous réexaminez votre paume droite pour vérifier que ce n'était pas un rêve, et vous découvrez un tatouage de trèfle noir à cet endroit.

— Cette marque vous rappellera la porte ultime à emprunter, quand vous serez de retour à la fin de vos aventures, reprend le Héros.

— Et le médaillon ?

— Le médaillon ?

— Vous m'aviez promis qu'après avoir mangé le trèfle noir, je pourrais le déchiffrer...

En guise de réponse, le Héros s'éloigne, remonte les marches et s'éclipse derrière un voile de fumée. Sous vos yeux ébahis, l'escalier se change alors en un majestueux serpent noir qui file sous l'eau.

Il reste son médaillon tombé au sol. Vous le ramassez et tentez d'en décrypter les inscriptions hermétiques. Seuls les trois premiers signes sont compréhensibles : « La Vie / est la racine de / l'Amour » pouvez-vous lire en lettres minuscules sur la face au serpent noir. Vous le retournez pour voir ce qui est écrit de l'autre côté : des pictogrammes indéchiffrables entourent un aigle blanc dessiné au centre. Étrangement, cet oiseau se met alors à bouger, à grandir et devient plus vrai que nature. Il s'envole alors et s'évanouit dans le ciel avec le médaillon, après vous avoir piqué à la paume droite. Vous l'auscultez avec inquiétude. Ouf ! Pas de blessure apparente, mais le tatouage de trèfle noir a dorénavant disparu.

> *Après un long moment tout à vos pensées, vous vous*

dirigez vers la porte ouverte en <7> (p. 48), tout en vous remémorant cette rencontre insolite avec Naga, le serpent. À moins que ce ne soit avec l'aigle Anzu...

Vous réexaminez votre paume droite pour vous persuader que vous n'avez pas rêvé, et vous découvrez un tatouage de trèfle blanc à cet endroit.

— Cette marque vous rappellera la dernière porte à emprunter, quand vous serez de retour à la fin de vos aventures, reprend le Sage.

— Et le médaillon ?

— Le médaillon ?

— Vous m'aviez promis qu'après avoir mangé le trèfle blanc, je pourrais le déchiffrer ?

Pour toute réponse, le vieux sage soulève son bâton en prononçant une formule magique et se transforme, sous vos yeux ébahis, en un somptueux aigle blanc qui s'envole vers le couchant.

Son médaillon est resté au sol. Vous le ramassez et tentez d'en décrypter le message caché. Seuls les trois premiers signes sont compréhensibles : « La Vérité / est le bourgeon de / l'Amour » pouvez-vous lire en lettres minuscules sur la face à l'oiseau blanc. Vous le retournez pour voir les inscriptions de l'autre côté : des pictogrammes indéchiffrables entourent un cobra noir dessiné au centre. Étrangement, ce serpent bouge, grandit et devient très vite plus vrai que nature. Il s'évanouit alors sous l'eau avec le médaillon, après vous avoir piqué à la paume droite. Vous regardez cette dernière avec inquiétude. Ouf ! Pas de blessure apparente, mais le tatouage de trèfle blanc a désormais disparu.

> *Vous restez un long moment suspendu au fil du temps, puis vous vous approchez de la porte ouverte en <7> (p.*

*48), page suivante, tout en vous remémorant cette éton-*
*nante rencontre avec l'aigle Anzu. À moins que ce ne soit*
*avec Naga, le serpent…*

# *la Porte Grise*

Vous décidez de quitter enfin ce Jardin où vous avez rencontré quelques êtres pour le moins extraordinaires. Vous jetez un ultime coup d'œil en arrière, comme lorsqu'on abandonne son pays natal sans certitude de retour. Vous cherchez du regard vos deux colocataires. Ces derniers ne tardent pas à se retrouver devant vous ; visiblement émus de vous voir partir.

— Bien… démarre l'aigle.

— …Va falloir se séparer, enchaîne le serpent.

— Je crois, oui, dites-vous chaleureusement.

— Vous nous manquerez, dit l'un.

— On va s'ennuyer sans vous, ajoute l'autre.

Vous ne savez trop que dire. Leur marque d'attention vous touche ; et vous aimeriez presque les serrer dans vos bras. Quand même, vous n'allez pas vous émouvoir pour si peu ? Ce n'est pourtant pas l'envie qui manque. Vous commenciez à les trouver sympathiques, maintenant que vous les avez un peu apprivoisés. Cependant, vous leur adressez un signe de la main et vous vous engagez à l'intérieur de l'arbre.

Le serpent vous arrête alors en s'enroulant autour de votre jambe.

— Attendez ! dit l'aigle, nous avons un dernier cadeau pour vous.

— Une récompense, pour avoir correctement passé les épreuves que nous avions placées sur votre route, complète son acolyte.

— C'est quoi ? demandez-vous après un temps.

— Des pouvoirs magiques ! répondent-ils en chœur.

— Ma vue extralucide, dit l'oiseau.

— Mon sérum de guérison, dit le cobra.

— En mangeant un trèfle noir percé à l'aide d'une plume blanche, explique l'aigle, vous aurez la faculté de percevoir si une personne inconnue a de bonnes ou mauvaises intentions à votre égard. Cela vous sera fort utile pour la suite de votre aventure.

— Et si vous mangez un trèfle blanc trempé dans une goutte de venin noir, détaille le serpent, vous serez immunisé contre toutes les maladies du corps et de l'esprit.

— Mais, il y a juste une condition, dit le reptile.

— Une toute petite condition, répète le volatile.

— Laquelle ?

— Vous ne pouvez emporter qu'un de ces deux pouvoirs… commence l'un.

— …en le tirant aux dés, finit l'autre.

— Si c'est impair, je vous dévoilerai les secrets de mon venin, dit le serpent.

— Et si c'est pair, vous développerez mon troisième œil, dit l'aigle.

> *Si leur proposition ne vous intéresse pas, filez directement en < 7.a> (p. 53) après leur avoir dit une dernière fois au revoir.*

> *Sinon continuez page suivante.*

— Comment dois-je m'y prendre ? demandez-vous.

— Facile, dit l'un. Vous mettez votre main dans votre poche et faites apparaître le dé. Puis vous le tournez plusieurs fois entre vos doigts, sans regarder évidemment.

— Sans regarder, répète son compère.

— Vous sortez alors le dé en gardant la main dans le dos, continue le premier.

— Très important la main dans le dos, complète de nouveau le deuxième.

— Enfin vous regardez le résultat de la face du dessus.

— Toujours du dessus.

— Nous l'appelons le jeu du « Nini », commente l'aigle.

— Ni l'un ni l'autre, explique le serpent. Si vous hésitez ainsi entre deux possibilités, comme entre Anzu et moi tout à l'heure…

— …alors choisissez de ne pas choisir…

— …et laissez le dé prendre la décision à votre place.

— Mais attention ! prévient l'oiseau. Gardez-le dé à la main et ne le lancez pas à terre…

— …sinon Yasara sera là, enchaîne le reptile, et vous en aurez pour la journée !

Vous souriez à ce duo de clowns qui n'aurait pas dépareillé dans un cirque, et vous vous prêtez au jeu. Vous sortez la main en la maintenant cachée. Devant vous, les deux compères commencent à s'agiter.

— Ah ! Pourvu que ce soit pair ! Pourvu que ce soit pair ! s'écrie l'aigle.

— Impair, par tous les diables ! Impair ! scande le serpent pour tenter de conjurer le sort.

Avec malice, vous faites durer le suspense, et montrez enfin le dé. « Le numéro gagnant est le… » Aïe !… Vous avez eu juste le temps de sentir une piqûre. Vous ne savez pas si c'est le bec de l'aigle ou les dents du serpent, mais toujours est-il que le dé n'est plus dans votre main, et vous n'êtes pas près de le revoir. Il a disparu, à jamais, au fond des abîmes ou aux confins du firmament. Vous regardez, de nouveau, votre paume gauche pour vérifier que ce n'était pas un rêve. Cette dernière est tout ce qu'il y a de plus normale. Elle n'a ni blessure, ni tatouage de trèfle à six feuilles. Dommage !… Il ne vous reste plus qu'à vous consoler en quittant ce Jardin pour d'autres terres plus hospitalières.

< 7.a >

À peine avez-vous mis un pied dans l'arbre, la porte se referme derrière vous. Malgré la pénombre, une lueur diffuse vous permet de diriger vos pas. Un escalier descend. Dix, vingt, trente, cent marches et plus ; vous ne comptez plus... Puis, vous vous retrouvez les pieds dans l'eau. Vous n'osez pas aller plus loin. Que faire ? Continuer ou remonter en arrière ? Oui, mais pour trouver quoi ?... Alors vous avancez avec précaution, jusqu'à ce que l'eau vous arrive aux épaules. À tâtons sous l'eau, vous essayez de déceler s'il n'y aurait pas quelque chose ; une porte, pourquoi pas, vous mettez-vous à espérer. Mais, en fait de porte, vous sentez une percée ; comme un gros trou dans un mur. Vous plongez, pour en avoir le cœur net. Le trou est suffisant pour vous permettre de passer, et comporte l'inscription « entrée de Trifulos ». Vous ressortez la tête pour reprendre votre souffle. Comment allez-vous faire pour ramper à l'intérieur ? Vous n'avez guère le temps d'hésiter sur la question : le niveau de l'eau monte d'un coup. Vous êtes obligé de reculer. Le débit s'accélère. Vous gravissez à présent les marches quatre à quatre pour ne pas finir noyé. Vous parvenez à la porte du Jardin ; fermée. Vous cognez. Rien. Vous entendez l'eau gronder et monter inexorablement. Vous avez tout au plus quelques secondes d'avance, avant que votre histoire se termine... en queue-de-poisson. Alors, vous criez.

— Anzu ! Naga !... Ouvrez-moi !

Vous frappez désespérément contre la porte en bois, en jetant des regards angoissés vers le bas des escaliers.

— Naga ! Anzu ! Au secours ! Aidez-moi !

— Tiens, tu n'as pas entendu quelqu'un ?

Vous reconnaissez la voix du serpent de l'autre côté de la porte.

— On dirait notre invité, constate l'aigle.

— Ah ! Vous êtes là ? dites-vous soulagé. Ouvrez-moi, je vous en supplie !

— C'est à qui le tour ? demande l'oiseau.

— À toi, répond le cobra. La dernière fois, j'étais de corvée.

— Ah ! Je suis désolé, corrige le volatile, mais toi, si je ne m'abuse, tu faisais tranquillement la sieste, pendant que moi j'ai dû voler au secours de cette pauvre victime qui avait de l'eau jusqu'au cou.

L'eau est à vos mollets ; vos cuisses…

— La sieste ! s'offusque le reptile. C'est moi qui ai fait tout le boulot, alors que, toi, tu chantais la sérénade avec Skep.

— La sérénade, hein !?…

— Parfaitement.

— Et bien je m'en vais t'en chanter une que tu n'es pas près d'oublier !

— Et moi, je vais te faire faire la sieste pour un bon bout de temps !

— Non, attendez, vous vous battrez plus tard ! suppliez-vous en dernier recours. Ouvrez-moi avant, je vous en prie !…

Vous bredouillez juste un « au sec… » avant de vous retrouver sous l'eau. Vous vous débattez un moment, puis, à bout de forces, vous renoncez. Vous fermez les yeux, attendant de plonger dans le néant infini, quand la porte s'ouvre. Vous êtes projeté au dehors ; trempé de la tête aux pieds, mais sain et sauf.

Après vous être remis de vos émotions, vous constatez que l'aigle et le serpent se battent, encore et toujours, dans une lutte sans fin qui dure depuis l'éternité. Ils s'emmêlent tellement que vous ne savez plus qui est qui. Le cobra tient fermement dans sa gueule les pattes de l'oiseau qui serre en son bec la queue du reptile. Ils forment à présent une vague qui s'agrandit de plus en plus, avalant tout sur son passage. La vague fonce sur vous, si énorme qu'elle semble toucher le ciel. Ni une ni deux, vous reculez contre l'arbre rempli d'eau. Vous hésitez.

*Que faites-vous ?*

> *Vous plongez dans l'arbre : allez en <7.b> (p. 58).*

> *Vous attendez la vague avec confiance : continuez page suivante.*

C'est une énorme déferlante qui arrive avec un bruit de fin du monde. Vous avez peur, évidemment. Une goutte d'eau. Voilà ce que vous êtes à cet instant. Une simple, minuscule et ridicule goutte d'eau dans l'océan infini. Vous pensez que votre aventure singulière va s'arrêter là, mais, à votre plus grand étonnement, la vague s'arrête pile à quelques centimètres de vous. C'est tout juste si vous êtes éclaboussé... On dirait qu'un dieu joueur vient d'appuyer sur le bouton pause de son magnétoscope. « Qui suis-je ? » demande alors la Vague.

> *Si vous répondez* « *Anzu* » *: recommencez l'histoire à* <0> *(p. 5).*

> « *Naga* » *: recommencez l'histoire à* <0> *(p. 5).*

> « *Anzu et Naga* » *(ou* « *Naga et Anzu* ») *: recommencez à* <0> *(p. 5).*

> « *Yasara* » *: recommencez l'histoire à* <0> *(p. 5).*

> « *Moi* » *: recommencez l'histoire à* <0> *(p. 5).*

> « *Personne* » *: recommencez l'histoire à* <0> *(p. 5).*

> « *la Vie* » *: recommencez l'histoire à* <0> *(p. 5).*

> « *Dieu* » *: recommencez l'histoire à* <0> *(p. 5).*

> « *la Vérité* » *: recommencez l'histoire à* <0> *(p. 5).*

> « *l'Amour* » *: recommencez l'histoire à* <0> *(p. 5).*

> « *le Vide* » : *recommencez l'histoire à <0> (p. 5).*

> ...*toutes les autres réponses que vous voudrez (avec ou sans majuscule) sauf la dernière qui suit : recommencez l'histoire à <0> (p. 5).*

> « *Je ne sais pas* » : *continuez ci-dessous.*

— Si ton « Je » ne sait pas, reprend la Vague, alors qu'attends-tu pour plonger dans l'arbre et partir à la recherche de la réponse ?

Si vous aviez hésité ne serait-ce qu'une seconde, la vague vous aurait submergé et vous vous seriez retrouvé en <0>, au point de départ de cette aventure. Mais vous prenez de suite une profonde inspiration, sans réfléchir plus avant, et vous plongez.

# ‹7.b›

Après des essais infructueux, vous pénétrez dans le trou pour réémerger au sein d'une immense étendue d'eau. Vous êtes seul, perdu au milieu d'un océan de nulle part. Vous exécutez des mouvements désespérés, puis vous apercevez un tronc d'arbre flottant à quelque distance de vous. Agitant bras et jambes en tous sens, vous vous en approchez jusqu'à pouvoir vous y accrocher. De ce dernier, s'échappent alors un minuscule oiseau et une petite couleuvre. L'arbre étant assez volumineux, vous vous hissez péniblement pour en faire votre radeau de fortune. Avec des branches, vous parvenez à confectionner deux rames qui vous permettent d'avancer. Oui, mais vers où ?… Vous n'avez aucune carte, aucun repère, aucun phare ni point visible dans le ciel ou sur l'horizon ; que de l'eau à perte de vue… Vous renoncez à ces vains efforts et attendez. Quoi ? Vous ne savez trop. Mais que faire d'autre ?… Autant garder vos réserves d'espoir et d'énergie. Puis au moment où vous n'y croyez plus du tout, admettant à contrecœur que c'est sur cet océan infini que l'histoire va s'achever, vous entendez une voix. Comme une complainte. Une mélodie à la fois belle et terrifiante ; un mélange de chant d'oiseau, de voix humaine et de sifflement de serpent. Alors, malgré votre appréhension, vous reprenez les rames et suivez ce chant qui devrait vous conduire vers la Terre Promise. Vous êtes alors aspiré par un gigantesque tourbillon. Vous pensez, cette fois-ci, que votre dernière heure est venue. Vous perdez connaissance…

> …*et vous vous réveillez en* ‹10› *(p. 61)*.

# l'Auberge des Naufragés

Vous émergez avec difficulté, comme après un trop long sommeil. En soulevant vos paupières lourdes, vous devinez une fresque grossière peinte au-dessus de votre tête. De toute évidence, l'auteur n'est pas un artiste modèle (on dirait les gribouillis d'un enfant), mais vous pouvez discerner un arbre avec un aigle blanc perché au sommet des branches et un serpent noir enroulé à la base du tronc. Vous êtes dans une chambre inconnue ; sur un lit étranger ; et dans des vêtements trop courts qui ne sont apparemment pas les vôtres. Où êtes-vous ? Que faites-vous ici ?… Vous tentez de rassembler des souvenirs épars pour refaire le scénario d'une soirée trop arrosée ; à moins qu'il ne s'agisse d'un accident. Immédiatement vous auscultez votre corps à la recherche de la moindre trace de plaie ou de fracture. Ouf ! Rien d'important, si ce n'est des égratignures par endroits, et un bandage recouvrant votre paume gauche. Une coupure ? Que vous est-il arrivé ?… Peut-être avez-vous perdu connaissance après un choc quelconque… Qui êtes-vous ? À l'instant présent, il vous est impossible de donner une réponse satisfaisante à cette question. Vous vous asseyez avec difficulté sur le lit, réveillant des douleurs ici et là. Vous envisagez de vous lever pour trouver quelqu'un qui puisse vous expliquer ce qui s'est passé, quand une vieille femme entre dans la chambre.

— Tenez. Je vous ai apporté du bouillon chaud pour vous aider à vous remettre.

Sur une table de nuit attenante, elle pose alors un bol de soupe fumante.

— Où suis-je ?

— À l'Auberge des Naufragés.

Un défaut de langage rend sa voix légèrement sifflante. Elle porte un fichu pied-de-poule sur la tête, qui a dû connaître des jours meilleurs. Elle est âgée, certes, mais les bras noueux paraissent solides. Vous avez noté son pas traînant et ses chaussons usés jusqu'à la corde. Elle se balance bizarrement d'un pied sur l'autre pendant que vous reprenez le fil de la conversation.

— L'Auberge des Naufragés ? répétez-vous.

— Sur Trifulos. Le port d'embarquement pour l'Archipel de l'Amour. C'est le nom des îles au large.

— Que m'est-il arrivé ?

— Vous avez failli vous noyer. Mon mari vous a repêché en pleine mer dans ses filets ; vous étiez accroché à un vieux tronc d'arbre à la dérive, sans connaissance. Il vous a ramené, et nous vous avons soigné.

— Depuis quand suis-je ici ?

— Deux jours.

— Mais qu'ai-je fait durant tout ce temps ?

— Dormir… Et parler. Vous n'arrêtez pas de bavarder en dormant. Des histoires d'aigle et de serpent se battant autour d'un arbre ; ou quelque chose dans ce genre. Et vous appelez souvent deux de vos proches :

un certain « Ansou » et un autre « Nagua », si j'ai bonne mémoire. Ce sont vos enfants ?

— Euh… je ne me rappelle pas.

— Vous avez des enfants ?

— Je ne sais plus…

— Mais je vous embête avec mes questions. Vous devez être fatigué. Tenez, cette soupe chaude vous aidera à retrouver vos esprits, termine-t-elle en vous tendant le bol.

Vous le prenez et le portez avec lenteur à votre bouche. Des feuilles étranges flottent à la surface.

— C'est quoi ?

— De la soupe aux trèfles. Une spécialité de la région. On dit qu'elle guérit tous les maux. C'est un brin exagéré, mais dans votre état elle vous fera du bien. Buvez tranquillement. En attendant, je vais chercher vos vêtements qui doivent être secs.

Sur ce, l'Aubergiste quitte la chambre et vous laisse, le bol entre les mains.

*Qu'allez-vous faire ?*

*> Vous avalez d'un trait cette spécialité du pays en <10. a> (p. 66).*

*> Vous êtes méfiant et préférez ne pas toucher à cette soupe : continuez page suivante.*

L'Aubergiste revient avec des vêtements et constate que vous n'avez pas touché à sa préparation.

— Elle n'est pas bonne ?

— Euh…

— On vous repêche, on vous soigne, on s'occupe de vous jour et nuit sans rien vous demander en échange, et vous, c'est ainsi que vous répondez à notre hospitalité ?

— Excusez-moi. Je ne voulais pas…

— Il n'y a pas d'excuse ! s'emporte l'Aubergiste. C'est trop facile. Et vous venez ici pour trouver l'amour, hein !… Quel culot ! Il va falloir assumer les conséquences de votre manque de respect envers ceux qui vous ont sauvé la vie. Si mon mari l'apprenait, il vous remettrait illico à l'eau et vous finiriez comme pâture pour les crabes. Mais je suis une femme, moi. Vous avez de la chance ! finit-elle en jetant les vêtements sur le lit.

Sur ce, elle sort en claquant la porte, vous laissant face à vous-même ; un peu embarrassé d'avoir commis une telle gaffe, il faut bien le dire. Vous mettez ces vêtements qui doivent être les vôtres (vous ne les reconnaissez pas, mais ils vous vont mieux), tout en échafaudant vos futures excuses. Vous êtes vite arrêté dans vos réflexions par un bruit de liquide et la sensation désagréable de vos pieds mouillés. Le bol déborde tel un immense geyser. La chambre est en train de se remplir de soupe !… Vous vous précipitez alors sur la porte, mais cette dernière résiste à vos assauts. Vous appelez, tapez ; rien n'y fait. Personne ne vient et vous avez à présent de la soupe aux trèfles jusqu'aux genoux. Sans hésiter une seconde, vous vous ruez sur le bol et vous le jetez à terre, provoquant alors un raz-de-marée, comme après la coupure d'une énorme canalisation. Le niveau monte très vite et vous flottez bientôt au plafond, collé contre la fresque. La pression de l'eau crève le toit. Vous vous retrouvez dès lors accroché à un morceau de bois dérivant dans l'océan infini. Vous connaissez la suite…

> *Retournez sans plus tarder en <10> (p. 61) après avoir oublié tout ce qui vient de se passer.*

# <10.a>

La mixture à base de trèfle agit rapidement. Tout vous revient à présent ; en tout cas les événements les plus récents. Votre arrivée dans le Jardin ; la rencontre avec l'aigle et le serpent ; et votre départ plus que mouvementé. Vous aviez ramé et ramé sans relâche, cramponné à votre arbre de fortune, quand vous avez entendu cette voix. Une voix étrange, maintenant que vous y repensez… Pour l'heure, vous êtes sain et sauf, c'est le principal. Vous jetez alors un œil à la fresque du plafond, et adressez un léger sourire à vos deux compagnons. Ce n'était donc pas un rêve… Pour un peu, vous les regretteriez presque…

L'Aubergiste réapparaît avec des vêtements.

— Ah ! Je vois que vous faites honneur à la maîtresse de maison, s'exclame-t-elle, constatant que le bol est vide.

— C'était délicieux. Merci.

— Vous devriez en parler à mon homme. Voilà des années qu'il ne veut plus toucher à ma soupe, sous prétexte qu'elle lui donne des boutons ! Tenez, je vous ai rapporté vos vêtements. Vous pouvez les remettre à présent, vous serez plus à l'aise que dans ceux de la serveureuse.

— La quoi ?

— Serveureuse. Vous la croiserez sûrement dans la journée. C'est elle qui nous aide, mon mari et moi, à tenir l'Auberge. C'est que nous avons d'autres occupations. D'ailleurs, je dois justement me changer. À tout à l'heure ; peut-être…

Sur ce, votre hôte vous quitte. Une fois dans vos habits (du moins vous supposez que ce sont les vôtres, parce qu'ils vous vont mieux que les précédents), vous sentez une amélioration ; même si vous ne savez toujours pas qui vous êtes. De longues minutes monotones et silencieuses s'écoulent. Comme vous semblez en état de remarcher, vous sortez de la chambre et poussez une porte au hasard...

Le feu ronronne doucement dans l'âtre ; les quelques tables en chêne blond ont perdu leur vernis depuis longtemps, mais vous aimez l'atmosphère qui règne dans cette salle : la sciure à même le sol, le mélange d'odeurs de cire, de tabac et de plats mijotés. Dans un coin de la pièce, un ancien, vêtu en marin, est attablé en solitaire. Des volutes de fumée bleue s'étirent avec paresse au-dessus de sa courte pipe de bruyère. La face taillée à la serpe est immobile. Seuls les minces yeux perçants sont sur le qui-vive, guettant derrière le fort nez aquilin. Il vous fixe sans un mot.

— Bonjour ! dites-vous.

— Ah tiens ! Voilà notre naufragé ! Tenez, asseyez-vous, vous invite ce dernier tout en désignant du menton la chaise lui faisant face.

— Merci. C'est vous qui m'avez repêché ? demandez-vous en vous asseyant.

— Repêché, ça vous pouvez le dire ! Un peu plus et vous finissiez dans le ventre d'un requin...

— Merci.

— Y'a pas de quoi. C'est mon métier. Vous paraissez en meilleure forme, on dirait... Ma femme ne vous a pas trop martyrisé, j'espère ?

— Non. Elle a été très gentille.

— Je parie qu'elle vous a servi cette soupe infâme ?...
Moi, je ne peux plus en boire une goutte. Pensez-vous ;
on m'oblige à ingurgiter cette potion de sorcières depuis la naissance !... Désormais, je ne bois plus que de
l'alcool de trèfles. Ça au moins, ça nourrit un homme !
Vous en voulez, interroge-t-il en tendant son verre ?

Vous hésitez une seconde. Que décider ? Votre corps
dit que l'alcool, dans votre état actuel, pourrait retarder
votre remise sur pied ; alors que votre pensée réplique
que vous devez satisfaire vos hôtes, même si cela vous
déplaît. Votre instinct revient à la charge ; votre tête
soutient le contraire. Et l'échange continue ainsi un
moment sans pouvoir trancher. Ah ! Si vous aviez un
dé magique à consulter dans ce genre de dilemme...
Pourquoi un dé magique ? D'où tenez-vous cette idée
saugrenue ? Vous n'en savez trop rien... Il faut parfois
frôler la mort, comme vous venez de le faire, pour découvrir que des actes anodins peuvent bouleverser une
vie. Un bol ou un verre qu'on refuse ou pas, et les routes
bifurquent... Vous préférez ne pas écouter votre tête,
cette fois-ci ; et vous avez raison, car cette boisson forte
vous aurait fait perdre définitivement la mémoire, ce qui
aurait compromis la suite de votre aventure, avouons-
le.

— C'est que... ne le prenez pas mal, reprenez-vous,
mais je viens juste de me réveiller, et je ne me sens pas
encore rétabli. Mais j'y goûterai dès que je serai remis,
promis.

— Pas de problème. Je vous ai sauvé la vie, mais ce

n'est pas une raison pour approuver toutes mes offres…
Et puis, vous avez déjà fait honneur à notre hospitalité
en acceptant la soupe de ma femme…

— Elle vous en a parlé ?

— Pensez-vous ! On ne se parle plus depuis que je
ne prends plus de son breuvage à réveiller les morts. Je
la connais : elle est très susceptible ; si vous l'aviez vexée
en refusant sa mixture, vous ne seriez pas là devant moi,
mais à croupir sur un morceau de bois à la dérive… et
je serais alors obligé de retourner sur mon bateau pour
vous repêcher. En un sens, grâce à vous, je peux prendre
du repos.

— Oh, vous savez, je n'avais aucune raison de me
méfier de quelqu'un qui m'a soigné…

— Mais dites-moi, interrompt ce dernier, vous avez
toujours votre pansement ?

— Oui. J'ai dû me couper.

— Faites voir.

Vous tendez alors votre main gauche à votre sauveur
qui la prend et l'ausculte avec précaution.

— Je crois que nous pouvons l'enlever, dit le Pêcheur,
joignant le geste à la parole.

> *Si vous n'aviez pas (ou plus) de tatouage de trèfle à six
feuilles sur cette main, en quittant le Jardin, filez en <10.c>
(p. 73) après avoir constaté que votre main est tout ce qu'il
y a de normale.*

— Ah ! dit votre hôte, il reste une petite plaie. Vous
avez dû vous blesser en vous accrochant de toutes vos
forces à mon filet, pour ne pas couler. Tenez, ajoute-
t-il en saisissant son verre ; quelques gouttes d'alcool

de trèfle, et votre main sera aussi neuve qu'au premier jour.

> *Si vous préférez qu'il ne mette pas de son breuvage sur votre blessure, allez en <10.b> (p. 72).*

> *Sinon, poursuivez page suivante.*

Le Pêcheur en verse alors sur votre paume gauche. Vous sentez une légère piqûre qui passe assez vite. La plaie cicatrise instantanément, laissant la place à un tatouage. Un trèfle à six feuilles. Cette guérison vous redonne la mémoire et vous vous souvenez alors de Yasara, le Maître à six faces. Vous vous rappelez de ses six charmantes têtes et du moyen de l'invoquer quand vous en aurez besoin. Vous fermez la main, craignant que cette précieuse marque s'envole. Votre Pêcheur n'a semble-t-il rien vu.

— Voilà, dit-il. C'est guéri. Il n'y a plus aucune trace.

Vous rouvrez la main, pour vous-même, et constatez rassuré que le tatouage est réapparu. Et si vous étiez le seul à le voir ?... L'aigle et le serpent ne vous ont rien dit à ce propos. Il faudra vite convoquer le dé, pour vérifier que ce n'est pas qu'une imagination de votre part.

> *continuez en <10.c> (p. 73).*

# <10.b>

Vous venez de prendre une mauvaise décision. Accepter le verre du Pêcheur, la première fois, ne vous aurait pas aidé, mais cette fois-ci, oui. Dommage... Vous avez désormais perdu une aide précieuse que vous aviez au creux de la main, mais, comme vous n'avez pas récupéré la mémoire à ce sujet, vous ne le saurez jamais. C'est une maigre consolation. En tout cas, votre paume gauche retrouvera sous peu son aspect habituel. Sans aucun tatouage ou marque à cet endroit.

# <10.c>

Le Pêcheur se lève alors de table en finissant son verre d'un trait.

— Bon. Faut que j'y aille.

— Vous retournez pêcher ? dites-vous en vous levant.

— Je suis obligé de faire plusieurs boulots pour arrondir les fins de mois ; vous savez ce que c'est...

— Je vous reverrai ?

— Qui sait... La ville est modeste et nous ne sommes pas nombreux par ici. Si vous avez besoin de quoi que ce soit, demandez à notre serveureuse.

— Cette femme qui vous aide à tenir l'Auberge ?

— Une femme ? Qui vous a parlé d'une femme ?

— Euh... Votre femme justement.

— Quand je vous disais que cette soupe ramollit le cerveau ! Enfin, quoi qu'il en soit, il ne devrait pas tarder à prendre la relève.

— Il ?

— Le serveureuse.

— Ah oui ! Le... serveureuse, répétez-vous déconcerté.

— À tout à l'heure, conclut le Pêcheur, et bon séjour parmi nous.

— À bientôt. Et merci encore...


Sur ce, le vieil homme sort de l'Auberge. Vous vous rasseyez et passez un moment à observer la salle d'une banalité telle que vous replongez vite vers le verre d'alcool de votre hôte. Vous le portez à votre nez. Ouahou ! Vous avez bien fait de ne pas en boire pour l'instant ;

cela vous aurait sûrement cloué au lit pour une semaine. Sans trop réfléchir, vous retournez le verre en le tenant au-dessus de la table ; peut-être pour voir s'il en reste une goutte ; à moins que ce ne soit pour passer le temps ; ou, qui sait, dans l'espoir qu'il se passe un prodige, comme dans le Jardin. Un trèfle pourrait sortir du verre et se transformer sous vos yeux ébahis en papillon. Ou alors un génie pourrait s'en échapper et vous questionner sur les trois vœux que vous souhaiteriez voir se réaliser, sur le champ. Tiens, oui. Quel serait le premier ? Retrouver votre identité, évidemment ; savoir enfin qui vous êtes et pourquoi vous vous retrouvez ici. Et le deuxième ?... Rencontrer quelqu'un qui vous plaise et dont vous tombiez amoureux. Et puis le troisième ?... Là, vous hésitez...

— Vous en revoulez ?

— Pardon ? dites-vous en levant la tête vers la voix qui vous a sorti de vos pensées.

— Oui. Je vous demandais si vous désiriez reprendre un verre d'alcool de trèfle ; comme je vois que votre verre est vide...

— Mon verre est vide ?... Ah oui ! dites-vous, réalisant que vous tenez en l'air le verre renversé et vide du Pêcheur.

— Un petit ou un grand verre ?

— Euh non !... Non, merci. Je n'en veux plus.

— Comme vous voudrez.

Ouf !... Vous posez le verre. La personne est passée derrière le comptoir.

Vous avez un léger pincement au cœur. Même sans avoir récupéré en totalité votre mémoire, vous savez ce que vous aimez. La noblesse des traits, l'expression du visage, l'allure… Vous ne sauriez dire pour quelle raison, mais, pas de doute, vous ressentez au creux de l'estomac quelque chose qui ressemble fort à de l'émotion. Vous êtes charmé. A priori ce n'est pas l'amour de votre vie, soit, mais vous êtes malgré tout séduit. Un peu perturbé, vous baissez les yeux. Pas facile de passer, d'un coup, de la convalescence à la séduction. Vous tentez à nouveau de l'apercevoir, et, à votre plus grand étonnement, c'est n'est plus du tout la même personne. Vous n'avez pas bu, pourtant ? Qu'est-ce que cela signifie ?… Vous voulez en avoir le cœur net.

— S'il vous plaît ? dites-vous le regard à demi baissé.

— Oui ?

— Pourrais-je avoir de l'eau ?

— Tout de suite.

Quelques secondes plus tard, un verre est posé sur votre table.

— Merci, dites-vous en levant les yeux.

— À votre service.

Vous venez, de comprendre le malentendu du couple d'aubergistes. Cette personne a au sens propre deux faces ; ou deux profils pour être plus précis : un côté séduisant, et l'autre du sexe opposé, qui doit plaire mais pas à vous en l'occurrence. Votre hôte se rend compte de votre malaise.

— Ne vous inquiétez pas, j'ai l'habitude, déclare l'être biface en s'en retournant vers le comptoir.

Vous buvez alors, cul sec, votre verre d'eau, comme un alcool très fort qui pourrait vous remettre de votre trouble.

En pénétrant dans votre corps, l'eau agit miraculeusement. Est-ce l'émotion due à cette créature si particulière ? Vous n'en savez rien, mais vous vous rappelez à présent votre nom, votre passé, et surtout la raison de votre présence ici. Vous aviez en effet eu connaissance de ce port de Trifulos, d'où vous pourriez embarquer pour l'Archipel de l'Amour, rencontrer votre futur partenaire et vivre, enfin, la fabuleuse histoire d'amour espérée depuis tant d'années. Vous aviez navigué, vous vous en souvenez à présent, avant d'entendre une voix étrange qui vous a attiré dans un tourbillon. Vous vous êtes alors retrouvé dans cet incroyable Jardin où vivent l'aigle blanc et le serpent noir, avant d'échouer sur Trifulos dans cette Auberge des Naufragés. Retrouver votre identité et la totalité de votre mémoire vous donne des ailes. Sans réfléchir, vous vous levez et allez vers le comptoir.

— Bonjour, c'est vous qui aidez le couple d'Aubergistes ? demandez-vous.

— C'est mes parents.

— Ah bon…

— Pourquoi ? Je ne leur ressemble pas ?

— Euh, non ; je ne pensais pas du tout à cela, répondez-vous gêné. C'est que… je ne sais pas pourquoi, c'est idiot, mais j'imaginais qu'ils n'avaient pas d'enfants.

— Et si. Il y a moi. Mais je suis sûr qu'il y a des jours où ils aimeraient ne pas en avoir… Vous venez chercher l'amour, n'est-ce pas ?… enchaîne votre hôte sans transition. Moi, je l'ai cherché longtemps, l'amour. Sans résultat.

— Pourtant, vous devez plaire, dites-vous en repensant à sa face séduisante.

— Ça pour plaire, je plais. À plus qu'il ne m'en faut. Le problème, voyez-vous, c'est que je ne plais qu'à moitié.

— Je comprends…

— Vous ne pouvez pas comprendre. Il faut être né ainsi, pour ressentir ce que je ressens.

Troublé par ces confidences, vous restez silencieux un moment.

— C'est de naissance ? reprenez-vous.

— Mariages consanguins. Tout le monde se marie en famille, ici. Pour ainsi dire, nous ne formons qu'une seule et grande famille. Enfin grande… Mais je ne suis pas unique ; vous en verrez d'autres…

— Vous êtes combien ?

— Dans mon cas ?

— Non. À habiter ici.

— Douze.

— Douze familles ?

— Douze personnes ; plus les étrangers de passage.

— Douze personnes ?

— Pourquoi, cela vous étonne ?

— Pas spécialement…

— Avec vous, nous sommes désormais treize.

— Aie ! Il paraît que cela porte malheur… avancez-vous.

— Si la Bohémienne était là, elle vous dirait sûrement le contraire… Mais, suis-je bête, il reste le Passeur…

— Qui est-ce ?

— La personne que vous devrez rencontrer pour quitter ce port de Trifulos et embarquer pour les Îles de l'Amour.

— Et où puis-je le croiser ?

— Personne ne le sait. Un jour il est ici ; un autre là-bas. Il loge partout ; et nulle part.

— Et comment dois-je m'y prendre, alors ?

— Vous devez trouver la clé qui ouvre la porte.

— La clé ? Quelle clé ? Et quelle porte ?

— Ouh la la !... C'est au-delà de mon domaine de compétence. Si on est douze ici, ce n'est pas pour rien ; on s'est partagé la tâche. Parce que s'il fallait tout faire !... Posez plutôt cette question aux autres.

— Et vos parents ? Les reverrai-je ?

— Cela m'étonnerait fort.

— Ah bon ?! J'ai pourtant cru qu'ils disaient l'inverse, en me quittant.

— Chez nous, on se sépare en disant « à tout à l'heure ». Une tradition. Mais on peut rester parfois des jours ou des semaines sans se parler.

— Et vous ?

— Pareil. D'ailleurs, je vais devoir vous quitter. J'ai un autre travail qui m'attend. Tenez, vous fermerez la porte en partant, dit votre hôte en vous tendant une clé.

— Et je la laisse où ? demandez-vous en la prenant.

— Gardez-la. Ici, tout le monde en possède une... Faites comme chez vous. Bon séjour et à tout à l'heure, termine-t-il en sortant de l'Auberge.

— Merci. Et à bientôt... À tout à l'heure.


Vous êtes de nouveau seul. Qu'allez-vous faire ?... Si vous n'êtes pas près de revoir votre famille d'aubergistes, il ne sert à rien de vous attarder ici. Vous vous dirigez vers la sortie, puis vous avez une envie subite de retourner dans la chambre. En priorité, pour la fresque du plafond. L'arbre, l'aigle, le serpent… Au fond, ce pays paraît normal, à côté… Vous quittez l'Auberge sur cette pensée.

## ❧ 11 ❧

# *Trifulos*

Vous vous retrouvez sur une place ronde toute blanche (du marbre à première vue), située au centre d'une tour noire majestueuse qui s'élève à une dizaine de mètres, tout au plus (elle semble en bois ; de l'ébène sans doute). Cette place comporte trois portes qui doivent donner sur les quais et le reste de la ville. Vous avez le choix entre la « Porte de la Terre », la « Porte de la Mer » et la « Porte du Vent ». Vous voilà bien avancé !... Au passage, vous avez aussi découvert trois saltimbanques s'affairant devant chacune des portes. Le premier est une sorte de gitane appliquée à fabriquer des bracelets, pendentifs et autres bricoles avec des cordelettes. Le deuxième joue d'un vieil instrument à cordes, tel un troubadour d'une autre époque. Le troisième, enfin, danse sur une corde tendue au-dessus du vide, tel un funambule. En passant à leur hauteur, ils vous ont proposé leurs services : la Bohémienne offre de vous tirer les tarots, le Conteur de vous raconter la légende de Trifulos, et l'Équilibriste de vous enseigner la marche sur un fil. Bien... En quoi tout cela peut-il vous éclairer sur la suite de votre voyage ?...

En observant plus en détail la magnifique tour noire entourant la place, vous avez repéré un escalier qui monte au sommet. Vous l'empruntez pour aboutir sur une terrasse donnant une vision panoramique de toute la ville. Vous restez un instant sous le choc, impressionné par la beauté et l'harmonie qui se dégagent de l'ensemble. Trifulos est constitué de trois quais en forme de cœur, assemblés au centre de la tour. On dirait un trèfle à trois feuilles, pour les romantiques ; ou une hélice de bateau, pour les plus terre à terre. Le premier cœur est composé d'ambre et de terre qui lui donnent son ton ocre ; un monumental sous-marin est à moitié immergé au bout de la jetée. Le deuxième cœur est fait de multiples fontaines et bassins bordés de verdure ; un ancien et superbe voilier tout en bois est amarré à l'embarcadère. Le troisième cœur, enfin, est formé de marbre rose et de tubes de verre, dont l'aspect futuriste tranche avec les deux précédents ; au bout du quai, suspendu par un câble à trois mètres de hauteur, un surprenant dirigeable ressemblant à un paquebot.

Fait intriguant : il n'y a pas âme qui vive.

Après un temps d'observation, vous redescendez les marches, tout à vos pensées. Parvenu au niveau zéro de la place ronde, vous découvrez un autre escalier qui s'enfonce. Vous ne l'aviez pas vu à votre arrivée dans la tour, tellement vous étiez obnubilé par l'idée d'atteindre le sommet. Malgré la pénombre, vous pouvez progresser avec précaution… L'escalier s'arrête brusquement sur deux portes. Fermées.

La première est sommaire et n'a pas de serrure.

La deuxième, juste à côté, arbore l'inscription « Porte du Feu » et possède une serrure en forme de trèfle, à l'image de la cité de Trifulos.

Si vous déteniez une telle clé, vous pourriez embarquer sur le champ pour ces Îles de l'Amour ; mais comme ce n'est manifestement pas le cas, il ne vous reste plus qu'à partir en quête de cette dernière.

Vous remontez alors à la place centrale.

# ❧ 12 ❧

# *Place Centrale*

Vous êtes au carrefour central de cette ville, là d'où tous les chemins partent et arrivent. Où allez-vous diriger vos pas ?

> *Vous possédez un tatouage de trèfle à six feuilles et vous souhaitez demander à Yasara de vous aider à choisir entre la Bohémienne, le Conteur et l'Équilibriste, allez en <13> (p. 85).*

> *Vous allez voir l'Équilibriste <14> (p. 89).*

> *Vous allez voir le Conteur <15> (p. 99).*

> *Vous allez voir la Bohémienne <16> (p. 108).*

> *Vous prenez la Porte de la Terre <17> (p. 123).*

> *Vous prenez la Porte de la Mer <18> (p. 142).*

> *Vous prenez la Porte du Vent <19> (p. 155).*

> *Votre clé est complète et vous empruntez la Porte du Feu en <20> (p. 167).*  >>>

> *Vous préférez consulter la Table d'Orientation (p. 233), avant de revenir ici faire un choix.*

# *Yasara – II*

Vous avez décidé de consulter Yasara une nouvelle fois et, dans ce dessein, vous retournez à l'Auberge des Naufragés où vous êtes à peu près sûr qu'on ne viendra pas vous déranger. Une fois à l'abri des regards, vous fermez les yeux et prononcez mentalement trois fois le nom du Maître à six faces, comme vous l'ont appris l'aigle et le serpent. Le dé se forme alors dans votre main, à l'endroit où vous aviez le tatouage du trèfle à six feuilles. Vous le lancez à terre, sans tarder, et ce dernier s'enracine au sol. Six visages désormais familiers vous sourient.

— Content de vous revoir, déclarent les six voix.
— Et surtout, ajoute le Vieux, content de constater que vous avez pu déjouer les dernières ruses d'Anzu et Naga.
— Vous aviez une question ? demande tout de suite la Femme.
— Euh… oui ! répondez-vous, de nouveau impressionné de dialoguer avec un personnage aussi surprenant. Voilà, pour continuer mon périple, je ne sais si je dois plutôt me fier au Conteur, à la Bohémienne ou à l'Équilibriste.

— L'Équilibriste ! clament les enfants.

— Je préfère le Conteur, avoue leur grand-père ; il chante de vieilles légendes oubliées par notre jeunesse.

— C'est vrai, ajoute son épouse ; dans le temps, on n'avait pas tous ces livres qui disent tout et n'importe quoi, si bien qu'on ne sait plus, aujourd'hui, à quel saint se vouer.

— Avant, c'était autre chose, complète son mari nostalgique.

— Mais papa et maman, aussi, nous racontent des histoires, intervient la Fille.

— Oui, dit l'ancien, mais ce n'est pas comparable.

— Nous n'allons pas repartir dans nos vieilles querelles ! tempère l'Homme. Moi, si je puis me permettre, vous dit ce dernier, j'ai un certain penchant pour la Bohémienne qui tire les tarots.

— Et depuis quand t'intéresses-tu aux trucs de bonne femme, toi ? interroge la grand-mère.

— Voyons, maman, s'interpose sa fille, il n'y a pas que les femmes qui s'y intéressent.

— Ah bon ? s'étonne le Vieux. Je croyais, moi aussi.

— Allons, dit l'Homme à l'adresse de ses parents, il ne suffit pas de dire : les hommes sont comme ci…

— …les femmes fonctionnent comme ça, enchaîne son épouse.

— Les relations humaines sont plus complexes, termine l'Homme.

— Ça veut dire quoi, complexe ? interroge le Garçon.

— Compliqué, répond le Vieux.

— Pas forcément, corrige la Femme. Pas simple, plutôt.

— C'est vrai ! s'emballe la Fille. Vos deux couples ne sont pas simples du tout.

— Vous n'êtes jamais d'accord ! renchérit son frère.

— On ne s'aime pas pour être tout le temps d'accord, dit leur père.

— Et bien moi, si mon futur amoureux n'est pas d'accord avec moi, j'en prends un autre, claironne la Fille.

— Moi pareil, fanfaronne son frère.

— C'est cela. Vous verrez quand vous serez grands, dit leur mère. Et peut-être découvrirez-vous alors que l'amour n'est pas aussi facile qu'il y paraît.

— Et vous, qui me conseillez-vous ? osez-vous demander à cette dernière qui n'a pas encore émis d'avis particulier sur votre question.

— J'aime assez l'Équilibriste ; je ne sais pourquoi, d'ailleurs. Parce que c'est le seul qui passe à la pratique, j'imagine ; j'avoue que j'en ai plus qu'assez des beaux discours…

— Ouais ! crient les enfants. On a gagné ! On a gagné !

— Allons, intervient leur père, il ne s'agit pas d'avoir le plus de voix, mais de donner quelques pistes de réflexion à notre hôte. Moi, j'apprécie la Bohémienne parce qu'elle utilise, avec courage, un langage pas très accessible, il est vrai, mais elle a au moins le mérite d'appeler un chat un chat.

— On comprend rien à ce qu'elle raconte, dit son fils.

— Moi, dit la grand-mère, j'adore le Conteur parce qu'il continue de me faire rêver avec sa Fleur d'Immortalité.

— Comme vous pouvez le voir, dit la Femme, il y

en a pour tous les goûts. À vous de voir celui qui vous inspire le plus.

— Au bout du compte, dit son mari, vous devrez passer par les trois portes afin de compléter la clé de votre embarquement pour les Îles de l'Amour.

— La clé ? demandez-vous.

— Si vous désirez en savoir plus, répond ce dernier, il ne vous reste plus qu'à aller discuter avec l'un des trois saltimbanques de la place.

— Lequel allez-vous choisir ? disent-ils en chœur.

— Le Conteur ?

— L'Équilibriste ?

— La Bohémienne ?

— Ou aucun des trois ?

— En tout cas, n'oubliez pas : quelque soit votre choix…

— …ce sera pour vous, à ce moment-là, le bon choix.


Sur ce, le dé reprend en quelques secondes sa forme initiale et se retrouve dans votre main. Vous la refermez alors et vous redécouvrez le tatouage de trèfle à six feuilles vous rappelant les six facettes de cette charmante famille. Charmante, mais pas toujours très éclairante… Enfin, vous avez au moins une petite idée.

> *Retournez place centrale <12> (p. 83).*

# ⤳ 14 ⤳

# *l'Équilibriste*

Vous vous approchez du funambule filiforme, en collants de couleur vive et courte veste bariolée. À son approche, vous remarquez son visage à deux faces, semblable à celui de la serveureuse de l'Auberge. Comme précédemment, vous seriez prêt à tomber sous le charme d'un de ses profils, si vous ne connaissiez la particularité de ces individus. Vous tentez de ne plus y penser.

— Bonjour, dites-vous. Je souhaiterais embarquer pour les Îles de l'Amour…

— Bonjour, et bienvenue à Trifulos. Ainsi, vous êtes à la recherche de l'Amour ?

— On m'a dit que, pour cela, je devais trouver le Passeur.

— Et qui vous a donné une information aussi capitale ?

— Euh… Quelqu'un de votre famille, je crois.

— De ma famille ? Quelle famille ?

— Et bien, la personne de l'Auberge qui a deux visages, comme vous, répondez-vous embarrassé.

— Comme moi ? Voilà autre chose ! Je croyais être l'unique à porter cette tare, ici, dit l'acrobate pour lui-même. Enfin passons. De quoi parlions-nous déjà ?… Ah, oui. Le Passeur.

— Où puis-je le trouver ?

L'Équilibriste exécute alors une belle pirouette pour se retrouver sur le sol, juste à vos pieds.

— Vous aurez besoin de la clé de l'Auberge que l'on a dû vous remettre à votre arrivée. Cette dernière comporte des encoches pour insérer les trois cœurs qui vous permettront de reconstituer « la Clé de Trifulos ». Une fois complète, vous n'aurez plus qu'à ouvrir la quatrième porte pour rencontrer le Passeur et embarquer vers l'Archipel de l'Amour.

— La quatrième porte ?

— Celle qui est sous la tour.

— Et ces trois cœurs, je les trouve où ?

— Sur chaque quai.

— Et par lequel dois-je débuter ?

— Si vous êtes pressé, alors prenez cette porte du Vent, juste derrière moi, et commencez par le quai de l'Illusion.

— Et dans le cas contraire ?...

— Je peux vous apprendre les rudiments de la marche sur un fil.

— Ah !... Et cela peut m'aider dans ma quête amoureuse ?

— Sinon, je ne vous le proposerais pas.

— Je ne suis pas obligé de rester avec vous, alors, pour compléter ma clé ?

— Ici, vous n'êtes obligé de rien. Faites au mieux. Pour quitter au plus vite cette ville, rien de plus facile ; en deux temps trois mouvements vous aurez vos trois cœurs. Mais si nous sommes là, il doit y avoir une raison...

— Et quelle est-elle ?

— Disons, pour l'instant, qu'il s'agit, avant tout, de vous aider à faire le point sur vous-même avant de partir à la rencontre de quelqu'un d'autre.

> *Si vous préférez prendre sans tarder la porte du Vent, allez en <19> (p. 155).*

> *Sinon, continuez page suivante.*

— Vous êtes donc venu chercher l'amour, reprend votre funambule voyant que vous avez choisi de rester avec lui.

— En effet.

— Alors vous avez dû remarquer que les relations amoureuses sont aussi instables qu'un bateau sur l'océan ou qu'un funambule sur un fil.

— C'est vrai. Ce n'est pas de tout repos. On a parfois le sentiment qu'il faut s'adapter indéfiniment, pour que le couple tienne debout.

— Tout juste. Vous m'enlevez les mots de la bouche. Aussi, assez de bla-bla et passons tout de suite à la pratique.

Sur ce, votre guide remonte sur le fil avec son balancier et, plus étonnant, après avoir accroché un ventilateur sur son dos.

— Je sais, dit le funambule : vous vous demandez à quoi sert ce drôle d'engin, n'est-ce pas ?

— Vous êtes devin.

— Dites-le plutôt à la Bohémienne. Moi, je suis plus terre-à-terre ; si je puis dire. Pour le moment, nous dirons que ce ventilateur est la force qui me permet d'avancer. Cela vous va ?

— Très bien.

— Comme cette force est invisible, j'ai trouvé ce truc saugrenu pour me faciliter la tâche. Les deux autres guignols, là, ironisent sans arrêt sur mon compte, mais je m'en moque. De nous trois je ne pense pas être le plus ridicule. Mais passons... Maintenant, regardez-moi faire quelques pas sur le fil et dites-moi quels sont, selon vous, les trois éléments importants pour exécuter au mieux cette tâche délicate.

Vous réfléchissez un instant, puis répondez sans hésiter.

— Le balancier ?

— Bien sûr. Et puis ?

— Euh… le fil, suggérez-vous.

— Exact. Sinon, la question de départ n'aurait pas beaucoup de sens. Remarquez que la première réponse aurait dû être celle-là, autrement, le balancier ne nous servirait pas à grand-chose, n'est-ce pas ? Mais n'anticipons pas. Et le troisième élément ?

— Vous-même ? dites-vous sans réfléchir, pensant avoir déjoué le piège.

— Il faut en effet quelqu'un sur le fil ; mais quel est le dernier élément indispensable ?

Vous fixez le ventilateur dans son dos. Il n'est sûrement pas là par hasard. Et puis, vous n'avez pas d'autre idée.

— Le ventilateur, j'imagine.

— Vous imaginez bien, confirme-t-il.

Après une nouvelle pirouette, il se retrouve à terre devant vous.

— Voici « la Porte de la Terre », dit l'acrobate en vous désignant le fil suspendu ; voici « la Porte de la Mer », ajoute-t-il en vous montrant son balancier ; et voici, enfin, « la Porte du Vent », termine-t-il en décrochant son ventilateur.

— Je comprends mieux à présent…

— Nous avons les trois portes. Voyons à présent ce qu'il y a derrière. Et pour cela, choisissez parmi ces trois éléments — le fil, le balancier et le ventilateur — celui qui vous paraît le moins important.

— C'est-à-dire ?

— Celui qui, dans l'ordre de vos priorités, passera après les deux autres.

— Ils sont tous les trois aussi importants, affirmez-vous avec assurance.

— Bien sûr. Bien sûr... On veut tous êtres beaux, riches et intelligents ; se consacrer autant à son partenaire, qu'à soi, ses enfants et son travail ; aimer sans désavantager sa tête, ses émotions ou ses besoins physiques ; et ainsi de suite... Mais vous savez que l'on ne peut pas empêcher la balance de pencher d'un côté.

— C'est vrai.

— Alors mettez-vous dans la peau d'un équilibriste de l'amour. Dès lors, à quel élément allez-vous porter le moins d'attention : au contact des pieds sur le fil, au balancier, ou à votre destination ?

— C'est très difficile de répondre quand on n'a jamais vécu ce type d'expérience.

— Justement, je vous propose une brève initiation.

— Euh... Vous voulez dire qu'il faut que je marche... là-dessus ? interrogez-vous inquiet, désignant le mince fil sur lequel il déambulait.

— Vous n'avez pas l'entraînement. Et puis, celui-là, c'est le mien. Il s'agit en fait d'un essai sur votre fil personnel.

— De quel fil parlez-vous ?

Pour toute réponse, le funambule sort une craie rouge de sa poche et trace un trait au sol qui part de vos pieds et s'étire sur trois, quatre mètres, tout au plus. Il dessine une croix de chaque côté ; vous à un bout, lui à l'autre. Au passage, il vous pose le balancier entre les mains.

— Voilà. C'est à vous de jouer maintenant, reprend l'acrobate. Le ventilateur, c'est votre intention d'avancer sur ce fil pour venir vers moi. Placez-vous sur la croix de départ, et lancez-vous. Mais attention ! N'oubliez pas notre discussion. Pas de précipitation.

— Vous êtes sérieux, là ? demandez-vous incrédule.

— Vous n'êtes pas venu ici pour plaisanter, je suppose ; et votre quête amoureuse est importante pour vous, n'est-ce pas ? Alors je n'ai aucune raison de vous raconter des histoires à dormir debout, comme ce Conteur...

Vous saisissez mal l'intérêt pratique de marcher sur une ligne tracée au sol, mais, bon ; vous verrez bien où il veut en venir... Pour l'heure, vous vous installez sur la croix. Vous regardez le saltimbanque qui vous encourage de la tête. C'est juste l'affaire de quelques secondes, et ce sera fini... Vous mettez un pied sur le fil rouge ; un sourire... Puis, une peur soudaine venue du bas-ventre. Tout va très vite. Votre tête vous dit de ne pas regarder en bas, mais c'est plus fort que vous. Et là, c'est l'abîme... Le vertige à la limite de la nausée et de l'évanouissement. Vous vous voyez, très distinctement, sur un fil tendu au-dessus du vide. En dessous, c'est, tour à tour, des volcans en furie, des crocodiles et autres monstres surgis tout droit de vos angoisses les plus profondes, des chutes d'eau vertigineuses...

— Ne regardez pas en bas ! s'écrie le funambule à votre adresse. Levez les yeux ! Ne regardez surtout pas vos pieds ! Gardez les yeux sur votre destination.

Vous levez la tête avec beaucoup de difficulté, et passez ainsi à deux doigts de la chute fatale. Vous fixez votre hôte, à présent. Le danger s'éloigne... pas pour très longtemps.

— Le balancier ! Pensez à balancer, lance l'Équilibriste.

Vous ne pouvez vous empêcher de scruter le balancier.

— Non ! crie l'acrobate. Ne le regardez pas ! Sentez-le. Tournez vos yeux dans ma direction... Les pieds ! N'oubliez pas vos pieds... Attention ! Vous allez tomber ! Ne fixez pas vos pieds. Sentez-les aussi... Gardez un œil sur moi, l'autre sur le mouvement de votre balancier et un troisième sur la sensation des pieds sur le fil. Vous devez avoir trois yeux... Oui ; c'est mieux... Doucement... Voilà ; c'est fini. Vous êtes arrivé.

Vous vous accrochez au funambule, comme à une ultime bouée de sauvetage. Vous êtes enfin sur la croix. Exténué, mais à l'abri... Reprenant peu à peu vos esprits, vous cherchez à vous assurer que tout ceci n'était bien qu'un horrible cauchemar. Mais non. Le gouffre persiste. Vous en avez le souffle coupé. Voyant votre malaise, l'Équilibriste quitte alors sa croix, puis il efface le fil rouge. L'abîme se referme... Après un temps, vous avez quand même la force d'une question.

— Co... comment se fait-il que vous ne soyez pas tombé ?

— Je vous l'ai dit, dès le départ. C'est votre fil, pas le mien.

— Et... que se serait-il passé, si j'avais perdu l'équilibre ? demandez-vous avec appréhension.

— Pas grand-chose. Quelques égratignures, à la rigueur.

— Ah bon ?!

— Tout se passait à l'intérieur de vous. Si vous aviez été trop mal, j'aurais tout de suite effacé le trait et l'illusion aurait disparu.

— Vous êtes sûr ?

— Faites comme si... Quoi qu'il en soit, c'est fini désormais.

Votre hôte vous laisse vous remettre lentement de vos émotions.


— Et maintenant ? reprend le funambule. Vous devez avoir une meilleure idée sur l'élément que vous avez tendance à oublier. Est-ce l'attention à vos pieds sur le fil ? Le mouvement de balancier ? Ou votre ventilateur intérieur ? Quel est le point faible à renforcer, pour que votre prochaine marche sur le fil amoureux soit plus équilibrée ?...

— Si je choisis le fil ?... suggérez-vous.

— Je vous conseille alors d'effectuer un petit tour par le quai de l'Attachement, derrière la Porte de la Terre. Cela vous sera fort utile.

— Et si j'opte plutôt pour le balancier ?

— Dans ce cas, pas de doute, le quai du Deuil, via la Porte de la Mer, devra vous aider à moins pencher vers le passé.

— Et si c'est le ventilateur qui l'emporte ? terminez-vous.

— Alors, vous n'aurez que quelques pas à faire, puisqu'il vous suffira d'emprunter cette Porte du Vent, derrière moi, pour vous engager sur le quai de l'Illusion qui ne vous fera pas de mal. Voire du bien.

— Et...

— Et n'oubliez pas : vous devrez passer par ces trois quais pour compléter votre clé.

— Et... les bateaux amarrés à quai ? interrogez-vous.

— Quoi, les bateaux ?

— Lequel dois-je prendre, pour embarquer ?

— Désolé, mais ce n'est pas du tout de mon ressort. Moi, je suis juste là pour vous diriger sur les quais. Après, voyez avec mes collègues ; ils vous expliqueront la suite du programme. D'ailleurs, je dois justement y aller.

Sur ce, l'Équilibriste range ses affaires, en moins de deux, puis il disparaît derrière la Porte du Vent en vous lançant un rapide « à tout à l'heure ».

— À tout à l'heure...

> *C'est vrai. La tradition, pensez-vous, tout en retournant en <12> (p. 83) pour faire un nouveau choix.*

## ❧ 15 ❧

# *le Conteur*

« Approchez Mesdames et Messieurs ! Venez assister à la fabuleuse légende de Trifulos… » entonne le troubadour. Il porte une vaste culotte de velours bleu, assortie à sa courte tunique garnie de gros boutons dorés, et un curieux couvre-chef à six cornes surmonte un visage bonhomme. On dirait un bouffon du Moyen-Âge ou un bateleur haranguant la foule du haut d'un théâtre antique.

— Bonjour, et bienvenue sur nos terres de légende, dit ce dernier à votre adresse.

— Bonjour. Je cherche le Passeur pour embarquer vers les Îles de l'Amour.

— Alors laissez-moi vous conter une histoire qui vous apportera des éléments de réponse.

— Vous pensez que cela peut m'aider dans cette quête ?

— Sinon, je ne perdrais pas mes journées à débiter des fables qui n'intéressent plus personne, à part deux, trois vieillards comme moi… Ce récit se passe il y a très longtemps, bien avant que le célèbre Ulysse n'entame son odyssée. Selon certains conteurs, qui m'ont appris le métier, ce serait la première grande aventure de l'Humanité dont nous ayons une trace. Elle fut gravée sur des tablettes d'argile par les premiers hommes qui inventèrent l'écriture, entre Orient et Occident. Vous êtes prêt ?

— Oui.

— Alors, envoyez la musique ! dit-il en faisant quelques accords sur son instrument antique.

Nul besoin d'être un expert pour sentir que votre hôte n'est pas un grand musicien. Peut-être est-ce dû à sa main gauche qui n'a plus que trois doigts valides, pensez-vous. Vous oubliez très vite tout cela pour vous concentrer sur ses propos.

« Il était une fois… un roi nommé Gilgamesh qui était beau, fort, riche, célèbre et convoité par ses sujets ; mais seul, terriblement seul. Il rêvait d'avoir un ami, un confident, un proche avec qui partager ses expéditions, ses diverses conquêtes, ses parties de chasse et plein d'autres secrets qu'il gardait tout au fond de son cœur.

Or, par la grâce des dieux, comme souvent dans ce genre d'aventure, notre valeureux roi d'Uruk apprit l'existence d'un être vivant avec les bêtes dans la forêt, et qui se prétendait le plus fort de tout le royaume. Voilà qui convenait fort peu à notre héros, qui avait toujours estimé qu'il n'existait personne, à mille lieues à la ronde, qui puisse lui tenir tête. Il envoya donc un chasseur pour le ramener, et cela se termina par un combat singulier. Entre la force sauvage et la force civilisée ; entre la bête et l'homme ; entre le corps et l'esprit. Gilgamesh utilisa surtout la ruse ; son adversaire Enkidu fit confiance à l'instinct. Que pensez-vous qu'il advint, Mesdames et Messieurs ? Qui, de la bête ou de l'homme, de la tête ou des tripes, remporta la bataille ? Alors ?… Qui est pour

Gilgamesh ? Qui, pour Enkidu ? »

— Quelle est votre opinion ? demande le Conteur.

— Moi ?

— Vous êtes l'unique auditeur qui a le courage de m'écouter... Il y a certes les deux autres simplets, là, qui font les pitres sur la place ; mais j'ai peur que mon histoire ne soit trop subtile pour leur frêle cervelle de moineaux... Alors, qui, selon vous, va l'emporter : est-ce Gilgamesh, l'homme réfléchi ? ou Enkidu, l'homme instinctif ?...

Vous hésitez.

— Si vous prenez parti plutôt pour le roi, enchaîne votre narrateur sans vous laisser le loisir de répondre, alors vous devriez aller sur le quai de l'Illusion, derrière la Porte du Vent, quand nous en aurons terminé ensemble. Cela vous permettra de réveiller l'homme-sauvage qui est en vous ; vous risquez d'en avoir besoin pour la suite de votre pérégrination dans l'Océan de l'Amour... Cela dit, si vous penchez pour l'homme des bois, le quai de l'Attachement, via la Porte de la Terre, vous sera tout indiqué. Vous y apprendrez à décoller de votre partie animale pour atteindre la lumière qui guidera vos pas dans ce voyage qui n'en est qu'à ses balbutiements... Enfin si vous préférez ne pas choisir entre les deux prétendants, si vous balancez entre l'ange et la bête, entre le corps et l'esprit, alors le quai du Deuil, via la Porte de la Mer, devrait vous permettre de clarifier tout cela.

« Mais revenons à notre héros, continue le Conteur après une courte pause et quelques accords sommaires...

Et bien, ce n'est ni Gilgamesh ni Enkidu qui remporta la bataille. C'est le cœur qui triompha. Étant de force égale, ils auraient pu se détruire l'un l'autre. Au lieu de cela, ils devinrent les meilleurs amis du monde. Seule la troisième force du cœur, celle que vous êtes tous venus chercher dans cette cité, Mesdames et Messieurs, seule cette dernière peut concilier votre tête avec vos tripes, votre corps avec votre esprit, la bête et l'ange qui sommeillent en chacun de vous. Et c'est ainsi que le chiffre trois est devenu notre emblème. Aucune de ces trois forces d'ailleurs ne saurait supplanter les deux autres, sous peine de retourner à la solitude de Gilgamesh ou à la vie sauvage d'Enkidu. Voilà la première histoire d'amour : celle que nous devons vivre avec nous-même. Mais l'épopée ne s'arrête pas là…

Gilgamesh perdit tragiquement son ami et partit, dès lors, en quête de l'Immortalité. Car à quoi donc lui servirait l'amour, s'il ne pouvait vaincre la Mort ? Après moult péripéties, il rencontra un passeur qui lui fit traverser le fleuve de la Mort pour trouver le dernier immortel ayant survécu à l'antique déluge provoqué par les dieux. Comme épreuve pour gagner l'immortalité, le patriarche proposa à Gilgamesh de tenir six jours et sept nuits sans dormir. Mais il échoua. Le vieux sage lui donna alors un lot de consolation pour le récompenser de son courage : la fleur d'Immortalité qui lui permettrait de rester jeune jusqu'à la fin de sa vie ; cette dernière ne l'empêcherait cependant pas de mourir, précisa le sage. Par malchance, sur le chemin du retour, notre héros se la fit ravir par un serpent qui emmena cette fleur sous l'eau. C'est depuis cette mésaventure, dit la légende, que les reptiles ont le pouvoir de changer de peau. Gilgamesh, quant à lui, s'en retourna bredouille parmi les hommes. Il mourut à son heure en vaillant roi aimé de ses sujets… Voilà, Mesdames et Messieurs, termine le Conteur ; je vous remercie de votre aimable attention. »

Vous restez un instant silencieux à méditer ses paroles. Un détail vous intrigue…

— Dites-moi, vous avez bien parlé d'un serpent ? dites-vous.

— En effet.

— Et il était de quelle couleur ?

— Vous croyez que cet élément a une quelconque importance pour comprendre ce qui est arrivé à notre héros ?

— Euh… Je ne sais pas. C'est juste une curiosité personnelle, dites-vous à demi convaincu.

— Ah bon… Si mes souvenirs ne me font pas défaut, ce serpent était… noir. Oui. Noir.

— Et cette fleur, elle se trouve où, désormais ?

— Vous n'êtes pas le premier à me poser cette question, répond le troubadour. Bien des hommes et des femmes sont partis à sa recherche, sur les routes de l'Océan de l'Amour. Mais si quelques-uns ont allumé la flamme de l'amour, très peu ont réussi à respirer le parfum de cette fleur d'Immortalité.

— Alors, comment faut-il s'y prendre ? demandez-vous déjà enivré par le mythe.

— Vous tenez vraiment à le savoir ?

— Oui.

— Alors approchez-vous plus près, dit-il en abaissant la voix à la limite du chuchotement ; je préfère que les deux autres n'entendent pas.

— Qui ça ?

— La Bohémienne et l'Équilibriste. Je ne peux plus les supporter ! Nous n'avons rien en commun, et je ne comprends toujours pas pourquoi je suis obligé de partager cette place avec des incultes qui ne croient pas à la légende de Trifulos… La fin de l'épopée, que je vous ai contée tout à l'heure, c'est l'histoire officielle que l'on raconte pour endormir la foule. Mais il y a une autre version, secrète celle-ci, qui ne se transmet qu'aux initiés.

— Euh… je ne sais pas si j'ai les qualités requises, avouez-vous.

— Ne vous sous-estimez pas. Vous venez du Jardin, n'est-ce pas ?

— Comment le savez-vous ?

— Tous ceux qui échouent sur Trifulos ont franchi cette première étape. Si vous êtes passé par là, alors vous êtes déjà initié… Donc voici, reprend le troubadour sans vous laisser le temps d'émettre un nouveau commentaire. Le vieux sage lui accorda en fait deux présents : la Fleur d'Amour et la Fleur d'Immortalité. Toutes deux avec trois pétales en forme de cœur, et disposés en hélice, comme une feuille de trèfle. La première était amère et ses trois cœurs étaient jaune, bleu-vert et rose, avec un pistil noir ; ce sont les couleurs de notre cité. La Fleur d'Immortalité, elle, avait un bouton central blanc avec des pétales bleu, rouge et vert, et son goût était sucré. Laquelle auriez-vous choisie, si vous aviez été à la place de Gilgamesh ?

— Entre le trèfle noir et le trèfle blanc ?

— Trèfle noir ? trèfle blanc ?... Vous voulez dire entre la fleur au pistil noir et celle au bouton blanc ?

— Euh, oui. C'est cela. (Ouf !...)

— Bien sûr, la proposition du sage était le vrai test, continue le Conteur, oubliant qu'il vous avait posé une question. Tout le reste n'était qu'un écran de fumée ne servant qu'à endormir notre demi-dieu. S'il choisissait la fleur d'Immortalité, Gilgamesh avouait par là sa motivation égoïste, à l'opposé de ses beaux discours sur l'amour envers son ami Enkidu. Or le vieil immortel savait que le serpent, qui gît tapi dans le fleuve de la Mort, raffole de cette fleur-là mais pas de l'autre, trop amère à son goût. Si le roi d'Uruk avait choisi la Fleur d'Amour, le sage lui aurait donné la deuxième de surcroît, ce qui aurait empêché le reptile de la lui prendre.

— Pourquoi ?

— Pourquoi quoi ?

— En quoi les deux fleurs ont-elles éloigné le serpent ? interrogez-vous.

— Ah oui. J'avais oublié de vous dire que la fleur d'Amour était le mets préféré du grand aigle...

— Blanc, coupez-vous sans pouvoir vous contrôler.

— En effet. Mais comment le savez-vous ?

— Euh... J'ai dit ça au hasard. Un serpent noir... alors je me suis dit que l'aigle devait être blanc.

— Vous aimez les couleurs, vous, hein ?... J'en étais où, déjà ? C'est que je n'ai plus ma mémoire de jeunesse... Ah oui. L'aigle donc, adorait la Fleur d'Amour, mais détestait celle d'Immortalité. Si Gilgamesh avait eu les deux en main, l'oiseau lui aurait ravi la première, mais, ce faisant, il aurait effrayé le serpent, son éternel ennemi. Notre héros serait, ainsi, rentré chez lui et aurait pu rester jeune jusqu'à la fin de ses jours...

— La légende, enchaîne le vieillard après une courte pause, dit que c'est ici même, sur le lieu où fut construite cette ville il y a très longtemps, que reposerait en secret cette fleur extraordinaire. Elle aurait la forme que nous avons donnée à notre ville, d'où son nom. Quand vous aurez trouvé la Fleur d'Amour, qui ouvre la quatrième porte, vous pourrez alors accéder à la cinquième : celle qui vous conduira au seuil de l'Éternité !

— La quatrième porte ?

— Celle qui se trouve sous la tour.

— Et la cinquième ?

— Ah ! Celle-là, c'est un grand mystère ! répond le Conteur énigmatique.

Le troubadour sort alors une clé de sa poche et vous la montre.

— En attendant, termine ce dernier, voici ce dont vous avez besoin pour continuer votre aventure sur Trifulos. Vous devez en avoir une similaire.

— La clé de l'Auberge ?

— Exactement. Elle comporte des encoches pour insérer les trois cœurs de « la Fleur d'Amour » que l'on vous remettra sur chacun des quais. Une fois complète, vous n'aurez plus qu'à ouvrir la « Porte du Feu » pour embarquer.

Et sans plus de cérémonie, le vieil homme prend son instrument et disparaît derrière la Porte de la Mer en vous lançant un ultime « à tout à l'heure » en guise d'au revoir.

> *Vous vouliez l'interroger sur le bateau que vous deviez*

*prendre. Tant pis ; il faudra poser cette question à quelqu'un d'autre, en rejoignant la place centrale <12> (p. 83).*

# *la Bohémienne*

Une femme d'âge mûr, drapée dans une vaste jupe rouge à volants, manipule avec nonchalance un jeu de cartes très usagé. Elle a la peau mate, la chevelure aussi noire que la tour de Trifulos, et les pieds nus. À ses oreilles, de remarquables créoles argentés. Au cou, un pendentif aux tons délavés représentant deux vierges noires se tenant debout dans une barque. À ses doigts, une dizaine de bagues plus ésotériques les unes que les autres. Elle vous aborde avec un sourire généreux.

— Bonjour, dit-elle. Vous avez besoin d'un renseignement ?

— Oui, répondez-vous en constatant son fort accent étranger. J'aimerais embarquer pour les Îles de l'Amour.

— Alors, c'est assez simple. Il vous suffira de reconstituer la « Clé de Trifulos ».

— La Clé de Trifulos ?

En guise de réponse, la gitane dispose alors quatre cartes sur la courte table baroque posée devant elle, dont une au centre et trois autour en triangle (une à gauche, la deuxième en haut, et la troisième en bas), pour former une sorte d'hélice.

— Et cette clé me servira à quoi ? demandez-vous.

— À ouvrir la porte qui vous permettra de voguer vers votre destination.

— La porte ? Quelle porte ?

— Retournez la carte centrale et vous saurez, dit-elle.

Vous le faites sans hésiter. Vous découvrez alors le tarot numéro seize, représentant une tour d'où chutent deux personnages.

— Vous détenez déjà une partie de cette clé qui ouvre la « Porte du Feu », en bas de la tour noire.

— C'est-à-dire ?

— La clé de l'Auberge que l'on a dû vous remettre à votre arrivée. Elle comporte trois encoches pour insérer les trois cœurs que l'on vous remettra sur chaque quai.

— Et par où dois-je commencer ?

— Si vous n'avez pas de temps à perdre à écouter une Bohémienne au langage obscur, alors prenez cette Porte de la Terre, juste derrière moi, et laissez-vous guider par vos prochaines rencontres. Sinon, restez un moment, et je vous tirerai les tarots pour vous aider à y voir plus clair. Mais je vous préviens, mes propos sont souvent désordonnés, voire incompréhensibles. Je suis désolée, je ne sais pas parler autrement. Pour les discours simples et limpides, adressez-vous à mes collègues de la place.

> *Si vous êtes pressé : prenez de suite la Porte de la Terre <17> (p. 123).*

> *Si vous préférez consulter le Conteur ou l'Équilibriste, rejoignez-les en <12> (p. 83).*

> > >

> *Si vous souhaitez écouter cette Bohémienne : continuez page suivante.*

— Puisque vous avez choisi de me supporter quelques instants, entrons de suite dans le vif du sujet. Pour cela, je vous propose de retourner une des trois cartes entourant la tour centrale.

— Celle que je veux ?

— Oui.

— Mais… ne sont-elles pas toutes pareilles, face cachée ?

— À première vue, oui. Mais si vous vous écoutez, vous pencherez plus vers l'une d'elles ; sans trop savoir pourquoi d'ailleurs, et c'est cela qui m'intéresse. Alors, vers laquelle vous sentez-vous le plus attiré ?

— Et cette carte me révèlera quoi ?

— La force principale qui est à l'œuvre dans votre quête amoureuse.

— Simplement au hasard ?

— Qui parle de hasard ? Croyez-vous que la rencontre entre deux partenaires amoureux soit le fruit du hasard ? Si c'était le cas, la vie serait plus simple et nous nagerions tous dans le bonheur, chacun avec sa chacune !… Mais, voilà, vous savez qu'il n'en est pas du tout ainsi. Autrement, j'aurais arrêté de tirer les cartes ou de lire les lignes de la main, et je me serais mise à raconter de vieilles histoires de mon pays, comme ce troubadour.

> *Si vous estimez que cet exercice est sans intérêt et ne vous apportera rien pour la suite de votre périple, allez en <12> (p. 83).*

> *Si vous retournez la carte du bas, allez en <16.a> (p. 1 13).*                                          >>>

> *Si vous retournez la carte du haut, allez en <16.b> (p. 116).*

> *Si vous retournez la carte de gauche, allez en <16.c> (p. 119).*

Vous venez de retourner le tarot vingt et un, « Le Monde ».

— L'arcane du « Monde », reprend la Bohémienne, représente pour vous le monde d'en bas, celui de votre force la plus sombre et pourtant celle qui vous enracine. Dès lors, la Porte de la Terre, juste derrière moi, est tout indiquée pour continuer votre aventure. Quand vous serez sur l'Océan de l'Amour, c'est cette force qui vous permettra de flotter. Ou si vous préférez, cette carte est le monde de vos besoins.

— Mes besoins ?

— Ceux qui s'enracinent au plus profond de votre corps.

— Comme manger, dormir ?

— Ce sont en effet des besoins, mais ceux de la vie courante. En navigation amoureuse, il s'agit plutôt de besoins affectifs.

— Par exemple ?

— La peur de la solitude.

— La solitude ? vous étonnez-vous.

— Si vous saviez le nombre de couples que la peur de la solitude tient fermement attachés !... Mais vous avez aussi les besoins sexuels ; le besoin de sécurité affective et matérielle. Et bien d'autres, comme le besoin de sauver quelqu'un ou d'être sauvé ; le besoin de posséder, manipuler ou avoir le pouvoir sur l'autre ; le besoin de maternité ou de paternité ; et j'en passe...

— Est-ce à dire que je suis concerné par tout ça ?

— Ce n'est qu'une indication. Vous êtes avant tout sur Trifulos pour mieux vous connaître afin de bien choisir votre futur partenaire. À présent, enchaîne-t-elle en remettant la carte à l'envers, voyons ce qu'il y a derrière cette Porte de la Terre. Et, pour cela, retournez-la une seconde fois.

— ? ? ?

— Je sais, vous allez me demander à quoi bon découvrir à nouveau la même carte, n'est-ce pas ?

— J'y pensais, en effet.


Votre interlocutrice reste silencieuse, attendant manifestement votre initiative. Vous hésitez un moment avant de vous exécuter. À votre grande surprise, il s'agit, cette fois-ci, du tarot numéro douze « le Pendu », représentant un personnage attaché à un arbre par les pieds.

— Comment avez-vous fait ? dites-vous étonné. C'est de la magie…

— Le magicien n'est pas celui que vous croyez. Mais vous découvrirez tout cela plus tôt que prévu…

— Le Pendu, c'est un mauvais présage, alors ? avancez-vous.

— Chaque carte a une double face, comme notre Équilibriste de la place. Le Pendu désigne l'attachement au sol ; ce qui est en soi positif. Mais si vous l'êtes trop, vous aurez du mal à bouger… Dès lors, peut-être aurez-vous besoin de larguer quelques amarres avant de pouvoir prendre la mer. À l'opposé cette carte signifie le manque d'attaches fermes, ce qui est une marque de liberté. Mais si c'est en excès, vous serez ballotté par les vagues comme une vulgaire coquille de noix.

— Il faut être ni trop ni pas assez attaché, alors ?

— Chez nous, il n'y a pas de voie moyenne idéale. Vous n'êtes pas là pour trouver des clés magiques qui vous ouvriraient les portes de l'amour sans tache, mais pour mieux vous connaître. Vous pouvez être heureux, avec ou sans attaches solides ; simplement, vous ne vivrez pas les mêmes expériences. Mais vous verrez tout cela avec mon collègue du quai de l'Attachement, derrière la Porte de la Terre, où vous pourrez aborder plus en détail toutes ces questions.

> *Continuez en <16.d> (p. 122).*

Vous venez de retourner le tarot dix-neuf, « Le Soleil ».

— Cet arcane du « Soleil », reprend votre guide, représente pour vous la force blanche qui vous arrache à la Terre et vous élève vers le Ciel. C'est de cette lumière dont vous aurez besoin pour vous repérer et vous diriger sur l'Océan de l'Amour. Cette carte correspond à la Porte du Vent qui semble tout indiquée pour continuer votre pérégrination dans les méandres de Trifulos. Si vous préférez, le Soleil est le monde des projets.

— C'est-à-dire ?

— Élever un enfant, fonder une famille…

— Mais n'est-ce pas le désir de tous les couples ? demandez-vous.

— Pour certains, le besoin de sécurité affective ou de ne pas se retrouver seul primera sur ces projets d'avenir. Sans compter que ces buts peuvent être très individuels ; comme s'épanouir personnellement, atteindre un idéal ou réaliser un rêve, la liste est longue…

— Vous voulez dire que l'on peut chercher l'amour dans cet unique dessein ?

— Pourquoi ? Vous n'êtes pas dans ce cas ?

— Euh… Mais, cela ne doit pas être fréquent, non ? dites-vous pour tenter de détourner la conversation.

— Détrompez-vous.

— C'est égoïste, quand même ! remarquez-vous indigné.

— L'amour et l'égoïsme font souvent bon ménage.

— Ah bon !? Ne dit-on pas le contraire ?

— Il y a ce qu'on dit… et la vie telle qu'elle fonctionne sous le masque des apparences. N'êtes-vous pas venu ici pour le soulever et oser regarder la réalité en face ?... Mais voyons d'abord ce qui se cache derrière cette Porte du Vent, enchaîne la Bohémienne en remettant la carte à l'envers. Pour cela, retournez-la de nouveau, si vous voulez bien.

— Quel intérêt ?

— C'est comme revivre avec son ancien partenaire après une séparation : on croit que ce sera pareil, et ce n'est pas tout à fait pareil. On ne vit jamais deux fois la même relation amoureuse. On ne retourne jamais deux fois la même carte.

Une fois la carte retournée, vous découvrez, effectivement, qu'elle n'est pas semblable. Cette fois-ci, elle porte le numéro quinze et le nom du « Diable » ; l'image est assez explicite.

— Il y a un truc... dites-vous.

— La magie n'est pas toujours là où vous l'attendez... Mais vous aurez tout le temps de le découvrir.

— Le diable ? Cela signifie quoi ?

— À l'origine, voyez-vous, on l'appelait « le porteur de lumière »...

— Je le voyais plutôt du côté de l'ombre... de l'enfer.

— Les cartes sont beaucoup plus subtiles que notre tête. Elles révèlent la face cachée du monde. Le diable est la carte maîtresse du quai de l'Illusion, derrière la Porte du Vent. Si cette force est trop éblouissante, vous risquez d'être aveuglé et de vous brûler comme un vulgaire papillon de nuit. Si au contraire elle manque d'éclat, c'est le signe manifeste que l'illusion nécessaire à l'amour est trop faible. Dans tous les cas, un détour par ce quai vous sera utile.

— L'illusion ?... dites-vous déconcerté. L'amour est une illusion ?

— J'ai juste évoqué l'idée que l'amour et l'illusion font bon ménage. Tout comme la vie et l'illusion marchent main dans la main.

— Ah bon ?!

— Si cela ne vous convient pas, rangez-le au placard des illusions. Ce ne sont, après tout, que les vieux radotages d'une nomade qui voit le monde par le petit bout de sa lorgnette...

> *Continuez en <16.d> (p. 122).*

# ‹16.c›

Vous venez de tirer le tarot dix-huit, « La Lune ».

— Cet arcane, reprend la Bohémienne, représente pour vous l'émotion qui lie le monde d'en bas et celui d'en haut, figurés par les deux cartes non retournées. Sans la Lune, un excès de force obscure vous entraînera dans la nuit ; un trop plein de force blanche vous déracinera et vous déconnectera du Monde. Sans cette troisième force, celle qui tire vers le haut et celle qui tire vers le bas se livreront un combat sans fin et sans merci qui ne vous laissera jamais en paix. Vous aurez ainsi besoin de cette énergie lunaire pour avancer sur l'Océan de l'Amour. Dès lors, vous avez tout à gagner à inaugurer votre périple sur Trifulos par la Porte de la Mer. Si vous préférez, « la Lune » symbolise vos désirs.

— Mes désirs ?

— La carte du milieu signifie que vous n'êtes pas guidé par la force de vos besoins instinctifs ni par celle de vos projets, mais par vos désirs de partage affectif, de tendresse et de sentiments, de communication et d'échange.

— N'est-ce pas la finalité de tous ?

— C'est la face visible du médaillon de l'amour. Les motivations réelles sont souvent autres et, la plupart du temps, les couples ne s'en rendent pas compte.

— Je ne vois toujours pas la différence entre mes désirs et ce que vous appelez mes besoins et mes projets. Pour moi, c'est plus ou moins pareil.

— Les deux autres disent que je coupe les cheveux en quatre et que je complique à loisir. Ils n'arrêtent pas de dire que je devrais adopter un langage plus accessible, si je veux attirer plus de monde.

— Vous avez peu de monde ?

— Je suis la moins populaire de nous trois. Au début, j'ai pensé que c'était dû à mes origines. Puis j'ai compris que le public préférait leur discours facile. Mais je m'en moque. L'amour n'est pas simple, contrairement aux apparences. Quand bien même je serais la dernière à parler de la sorte, je continuerais ; contre vents et marées. Je ne crains plus les traversées du désert.

— Et que va-t-il se passer derrière cette Porte de la Mer ? interrogez-vous soucieux de revenir à vos préoccupations.

Votre interlocutrice reste silencieuse un moment, déroutée par votre intervention. Puis elle replace la carte à l'envers.

— Pour le savoir, retournez de nouveau cette carte, dit-elle.

— À quoi bon retirer la Lune ?

— On ne tire jamais deux fois la même carte. Comme on ne rencontre jamais deux fois la même personne. Si tous les couples appliquaient cette maxime sommaire, le bonheur se conjuguerait à tous les temps. Mais, vous le savez mieux que moi, il en va tout autrement.

Vous avez envie de la questionner sur ses derniers propos, mais vous ne voulez pas compliquer l'échange. Après vous être prêté au jeu, vous découvrez, stupéfié, un tarot sans nom : le numéro treize, représentant un squelette armé d'une faux.

— Quelqu'un va mourir ?…

— Cette carte est celle du renouveau. Elle peut signifier que vous devez enterrer une ancienne relation

amoureuse à laquelle vous restez, sans doute, trop attaché. Dans ce cas, je vous conseille de ne pas hésiter à
porter vos pas sur ce quai du Deuil où vous trouverez
de nouvelles instructions.

— Faire le deuil, cela veut dire oublier et ne plus y
penser ? dites-vous.

— Vous verrez tout cela sur place.

Vous vous interrogez sur la suite de votre parcours, pendant que votre hôte remet toutes les cartes à l'envers. Vous repensez, tout d'un coup, à l'embarquement.

— Et les bateaux ? questionnez-vous.

— Les bateaux ?

— Oui, ceux qui sont amarrés à quai. Lequel dois-je prendre ?

— Demandez aux responsables de quai. Mais avant de nous quitter, je vous invite à retourner une dernière fois la carte centrale pour dévoiler celui qui tire les ficelles...

Vous hésitez, mais la curiosité est plus forte. Vous découvrez le tarot numéro un, « le Mage ». Vous n'en croyez pas vos yeux... Pas de doute possible, c'est bien vous, dessiné dessus. Par quel tour de passe-passe a-t-elle pu faire cela ? Vous ne le saurez jamais, évidemment. Subjugué par cette ultime découverte, vous quittez la Bohémienne à qui vous oubliez de dire au revoir. Ou plutôt à tout à l'heure...

> *Vous retournez alors en <12> (p.83), l'esprit ailleurs.*

# *Porte de la Terre*

Vous êtes passé devant l'emplacement de la Bohémienne, et vous traversez cette porte de la Terre qui vous ouvre le premier cœur de la ville. Le contraste est saisissant : vous voilà projeté dans une ambiance aux tons ocre et jaune, qui vous donne l'impression d'être aux portes du désert.

Vous empruntez le chemin en terre battue de l'Amour de Soi, qui coupe ce cœur de la cité en deux. Tout a l'air calme, reposant. Vous vous demandez, d'ailleurs, ce que vous allez découvrir qui puisse vous être utile pour votre quête amoureuse. Il y a bien ce bateau au bout, mais, pour l'heure, pas âme qui vive. À mesure que vous avancez, le quai se remplit d'ambre dans lequel sont incrustés divers objets ; des plus quotidiens aux plus hétéroclites. Puis un changement indéfinissable dans la composition du décor se produit : le chaos apparent semble s'ordonner, et vous constatez, de plus, que votre regard est constamment attiré par le même côté. Vous réalisez que sur votre droite se trouvent toutes les choses que vous n'aimez pas, et sur votre gauche l'inverse. Bizarre... Cela comprend la nourriture mais aussi les vêtements, les chaussures, les livres, les miniatures de monuments visités, le type d'habitation, de paysage, de peinture, de musique. Bref. Tout y passe…

Vous marchez ainsi, contemplant vos préférences comme sur un écran de cinéma, quand vous trébuchez sur une ancre plantée dans le sol.

— Attention ! s'exclame une voix. N'oubliez pas de regarder où vous mettez les pieds !

Vous découvrez une femme banale à l'âge incertain. Le genre de personne que vous pouvez croiser des dizaines de fois sans retenir son visage ou son habillement. Seul point notable : un des boutons cassé de son chemisier écru a été remplacé par une épingle.

— Alors, que pensez-vous du décor ? enchaîne cette dernière avec contentement.

— C'est vous qui avez fait… ça ?

— Ça quoi ? L'ancre ?

— Non. Les objets incrustés dans l'ambre.

— Oh, je n'ai pas autant de pouvoirs dans cette cité. Je ne suis que l'humble Sage-femme responsable de ce quai. Par contre, l'ancre, c'est un peu de ma faute, je l'avoue… Si je puis vous être utile en quelque chose ?…

— Sage-femme ?

— Cela peut paraître curieux, je sais, mais vous en saurez davantage plus tôt que vous ne le pensez.

— C'est pour embarquer sur les Îles de l'Amour, dites-vous.

— J'imagine ; car je ne vois pas ce qu'un étranger viendrait faire d'autre dans les parages.

— Nous allons partir dans ce sous-marin ? demandez-vous en montrant le bateau.

— Ce navire ne bouge pas du quai. Et je ne crois pas

qu'il y ait, dans la cité, quelqu'un capable de manœuvrer un engin pareil.

— Il sert à quoi, alors ?

— C'est un monde à part, un peu secret… Vous pouvez y découvrir tout le possible jusqu'à l'impensable en matière de pratiques sexuelles… Quelques-unes vous plairaient, d'autres vous surprendraient et un nombre important vous bouleverseraient, vous choqueraient même. En bref, ce sous-marin dévoile tout ce qui se situe sous la ligne de flottaison des bons sentiments… Certaines personnes, reprend-elle sur un ton monocorde, y vont par curiosité et en reviennent blasées. D'autres montent en protestant de leurs intentions vertueuses, et, la plupart du temps, on ne les revoit jamais. Il y en a qui redescendent épouvantés, comme s'ils avaient vu le diable en chair et en os. Enfin, n'oublions pas les rigolards qui font les malins et qui restent sagement à quai…

— Ah, je vois…

— Vous n'êtes pas du tout obligé de passer par là. Mais, qu'on le veuille ou non, la partie immergée de l'iceberg amoureux comprend aussi cela. Vous vous attendiez à un programme plus… romantique ?

— Oh non… Je commence à m'habituer à tous ces trucs bizarres qui arrivent sur Trifulos.

— Pareil pour moi. Au début, j'avais du mal à venir par ici ; à présent je trouve cela plutôt amusant.

— Le sous-marin ?

— Non ; ce n'est pas mon genre. Je voulais parler du chemin de l'Amour de Soi.

— Vous aussi, vous voyez des choses similaires ?

— Plus ou moins.

— Et les Îles de l'Amour, alors ? Vous y êtes allée ?

— Comme tout le monde ici. Quant à vous dire comment c'est ?… Cela ne vous serait d'aucune utilité, car il y a de fortes chances pour que cela ne ressemble pas à votre propre expérience.

— Chacun vit une expérience différente, alors ?

— En quelque sorte, oui. Mais il y a des généralités. Comme la clé, par exemple. Vous êtes sur ce quai pour la compléter avec le cœur jaune qui correspond à cette partie de la ville.

— Et où puis-je me procurer ce cœur ?

— C'est moi qui l'ai. Je vous le donnerai quand nous aurons terminé la visite et que vous aurez participé à des épreuves.

— Lesquelles ?

— Atteindre ce sous-marin qui n'est qu'à quelques mètres de vous ; pour débuter. Rares sont ceux qui réussissent du premier coup.

À vue d'œil, ce navire doit être à cinq mètres, tout au plus. Qu'est-ce qui pourrait contrecarrer votre entreprise ? Cette accoucheuse ? Cela ne semble pas être son intention. Mais, malgré tout, vous vous méfiez. Vous êtes arrivé depuis peu, mais vous avez vite compris que ce qui est simple, logique et évident ailleurs, ne l'est pas forcément ici. Aussi, avant de vous retrouver dans je ne sais quelle situation inextricable, vous tentez d'en savoir un peu plus. Vous avez un début de piste…

— Quand vous dites que je n'y arriverai pas, c'est à cause de ce que j'ai vu sur le chemin ?

— C'est en effet vos « j'aime » et vos « j'aime pas » qui vous empêcheront de gagner le navire. Ou, plutôt, ce que vous aimez trop et qui vous attache d'un côté, et ce que vous évitez et qui vous insécurise de l'autre. Mais le mieux est de le vérifier par vous-même...

— C'est-à-dire ? interrogez-vous.

— Essayez d'aller jusqu'au bateau. Vous saurez alors si vous êtes entravé ou non.

— Oui. Vous avez raison, concédez-vous sans enthousiasme.

C'est vrai que l'envie vous démange, mais le fait qu'elle vous l'ait proposé vous met en garde. Les personnages croisés jusqu'ici vous ont parfois fait passer des moments difficiles, certes ; mais n'était-ce pas pour votre bien ? Aussi vous comptez jusqu'à trois et vous vous lancez.

Vous faites deux, trois pas. Tout se passe comme d'habitude. Mais vous n'avancez pas. Votre Sage-femme reste à votre hauteur, et, pourtant, elle est immobile. Vous pédalez sur place, en quelque sorte. Un coup d'œil rapide à vos pieds vous confirme qu'ils sont emprisonnés, à leur tour, dans la résine.

— Je ne comprends pas, dites-vous. Comment se fait-il que, tout à l'heure, je pouvais me déplacer ?

— Vous venez d'entrer dans la zone dangereuse du triangle des désirs. Là où se croisent les désirs, les besoins et les devoirs. Au large, bon nombre de couples font naufrage dans ce triangle maudit, sans en comprendre les tenants et aboutissants. Devant vous, ce sous-marin vous attire, car il correspond à votre désir de réussir cette épreuve. À gauche, vos besoins de protection et de sécurité vous retiennent. Et à droite, la corde du devoir vous attache.

— Je ne saisis pas très bien la différence entre les

trois…

— Votre désir, c'est la petite voix intérieure aux « je veux » séduisants ; votre besoin, celle qui vous impose ses « il faut » ; et, enfin, votre devoir qui vous sermonne avec des « tu dois ». Mais je crois qu'un exemple vous sera plus utile.

Que préférez-vous entendre, le récit d'Elsa qui était prise en étau entre son désir et son devoir ? ou celui de Karl qui était piégé entre son besoin et son désir ?

> *Si vous optez pour Elsa, continuez en <17.a> (p. 129).*

> *Si vous avez une préférence pour Karl, poursuivez en <17.b> (p. 134).*

# <17.a>

Retrouvant votre liberté de mouvement, vous vous asseyez, côte à côte, au pied de l'ancre.

— Comme vous, démarre votre interlocutrice, Elsa a échoué un jour sur Trifulos. Elle a passé beaucoup de temps sur ce quai de l'Attachement, avant de pouvoir embarquer pour l'Océan de l'Amour. Cette femme est venue chez nous après des naufrages répétitifs. Et pourtant, elle avait tout pour elle : jeune, jolie, intelligente… La relation amoureuse ne lui faisait pas peur, et elle souhaitait de plus rencontrer rapidement un partenaire avec qui elle puisse faire sa vie. Bref, rien de spécial dans son parcours. Malgré cela, elle ne connaissait que des échecs à répétition. Les hommes étaient trop vieux, trop jeunes, déjà mariés, habitaient trop loin… Il y avait à chaque fois une contrariété qui, assez vite, lui faisait dire : « avec lui, c'est perdu d'avance ». Elle était dès lors persuadée, encouragée par son entourage, qu'elle n'avait pas encore trouvé la bonne personne. Pourquoi ne pas changer de lieux de fréquentations, d'activités, d'apparence, de travail, suivre un régime, lire des livres ou faire des stages sur les couples ?… Elle s'y employa avec beaucoup d'ardeur, mais ces démarches restèrent sans résultat ; au grand dam de ses parents qui tentaient l'impossible pour aider leur dernière fille à voler de ses propres ailes…

— Alors ? demandez-vous.

— À votre avis ?

— Je ne sais trop…

— En fait, Elsa avait une ancre énorme, accrochée dans son dos, et qui l'empêchait de vivre une relation amoureuse satisfaisante.

— Une ancre ? Dans son dos !?…

— Je sais. Cela peut paraître curieux. Mais tout à l'heure, quand je vous ferai visiter plus en détail ce quai de l'Attachement, vous serez moins surpris. Vous verrez… Disons, pour l'instant, que cette ancre qui la retenait, c'était ses parents.

— Ah bon…

— Je ne voyais rien d'autre qui aurait pu l'empêcher de prendre la mer. Et bien, elle était là, l'ancre. Énorme. Dorée. C'est pour cela qu'elle ne la voyait pas. Une ancre dorée ne pouvait pas être un problème, pour elle, tout au plus un trésor. Pauvre femme qui n'avait pas encore découvert qu'une prison dorée est souvent la pire des forteresses…

— C'est-à-dire ?

— Imaginez une geôle sans barreaux, sans murs, sans portes fermées ; où l'on vous laisse libre et autonome ; où vous trouvez de l'attention et un amour authentiques. Comment se libère-t-on d'un enfermement pareil ?

— Je ne comprends pas en quoi tout ce positif peut constituer une prison, dites-vous avec sincérité.

— Dans ce cas, vous ne perdrez pas votre temps sur ce quai… Mais terminons d'abord avec Elsa, voulez-vous… En quoi ses parents étaient-ils un tel poids, pour elle ? Parce qu'elle se sentait prise dans un piège : si elle vivait heureuse en rencontrant l'homme de sa vie, elle était persuadée qu'elle les rendrait malheureux.

— Mais pourquoi ?

— Ce couple ne tenait que grâce à leur dernière fille qui avait des difficultés dans ses relations amoureuses.

Elle était leur ciment, leur raison d'être, leur assurance vieillesse...

— C'était de la faute aux parents ?

— Ce n'était de la faute à personne. Cette famille fonctionnait ainsi pour protéger chacun d'une trop grande souffrance. Ni la mère ni le père ne voulaient empêcher leur fille d'être heureuse sans eux, c'est pour cela que la prison était dorée et cette ancre en or. À l'identique, Elsa ne se disait pas qu'il était de son devoir de se sacrifier pour leur bonheur.

— Et alors, comment tout cela s'est-il fini ? questionnez-vous.

— J'ai juste tracé deux traits au sol, lui disant qu'à gauche il y avait son bonheur, et à droite celui de ses parents. Et qu'il fallait qu'elle choisisse.

— Mais...

— Oui. Je sais. N'y avait-il pas une alternative, une voie du milieu ? Ne pouvait-elle choisir son bonheur ET le leur ? C'est ce que chacun veut, bien sûr. Elsa, en cela, n'est guère différente du commun des mortels. Parfois cette troisième route existe ; mais rarement dans des situations similaires à celle-ci. Elle avait cherché cette voie idéale, pendant toutes ces années ; recherche qui l'avait maintenue clouée sur place.

— Et qu'elle était la bonne voie ?

— Comme je vous l'ai déjà spécifié, il n'y a pas, chez nous, de bonne ou mauvaise voie. Les deux chemins sont possibles, mais n'ont pas les mêmes conséquences. Si Elsa avait opté pour la voie de la culpabilité et du devoir, il lui aurait fallu abandonner la quête d'une relation amoureuse, en dehors du giron familial. Et si elle avait pris la voie du désir et de sa liberté, ce qui aurait nécessité suffisamment d'agressivité à l'égard de ses parents, alors elle aurait dû se détacher de sa dette affective à leur égard et enterrer cet amour d'enfant qui lui avait servi d'ancre depuis qu'elle était au monde.

— Qu'a-t-elle fait, alors ?

— Elle seule le sait…

— Cela arrive fréquemment ce genre de dilemmes ? interrogez-vous après un temps.

— Plus qu'on le croit. Ainsi, vous par exemple, dit la Sage-femme…

— Moi ?

— Si vous êtes là, c'est pour vous poser cette question, non ? Pourquoi pourriez-vous avoir besoin, vous aussi, de déposer une ancre, avant d'embarquer ? Voici quelques raisons, parmi d'autres :

. Parce que vous êtes le dernier enfant à quitter la famille, et, qu'avec vous, vos parents seront obligés de faire le deuil de leur paternité et maternité.

. Parce que vous avez avec l'un d'eux un lien très proche, comme une relation amoureuse. Dès lors, créer un nouveau couple vous demandera de prendre de la distance avec ce couple d'origine. C'était un peu l'histoire de Karl, dont je ne vous ai pas parlé.

. Parce que vous sentez que le couple de vos parents ne tient que grâce à vous : tant que vous êtes là et que vous avez en plus des soucis pour vous mettre en ménage, ils se serrent les coudes et restent liés. Si du jour au lendemain vous viviez le grand amour avec l'élu de votre cœur, à quoi leur servirait-il de rester ensemble ? Y a-t-il un couple d'amoureux derrière ce couple de parents ? C'était le cas d'Elsa.

. Parce que l'un d'eux est seul depuis le décès de son conjoint ; il est vieux et vous êtes l'unique enfant qui s'occupe de lui. Alors comment pouvez-vous prendre du plaisir et partir égoïstement à l'aventure sur l'Océan de l'Amour, alors que cette femme ou cet homme qui vous a donné la vie souffre dans son coin en solitaire ?...

— Il pourrait y avoir plein d'autres raisons, enchaîne votre guide, mais ces dernières sont les plus fréquentes.

— Et comment se sépare-t-on de ces ancres ?

— C'est ce que nous allons voir, à présent, en visitant plus en détail ce quai de l'Attachement.

> *Continuez en <17.c> (p. 138).*

< 17.b >

Retrouvant votre liberté de mouvement, vous vous asseyez, tous deux, au pied de l'ancre.

— Karl, reprend votre interlocutrice, a un beau jour débarqué ici dans l'espoir de trouver, enfin, la réponse à ses échecs de couple répétitifs. Il n'était pas vilain garçon, il disait plaire sans réelle difficulté aux femmes. Malgré cela, il était toujours seul, enfermé dans une bulle dont il n'arrivait pas à sortir. Il eut bien quelques histoires sérieuses qui auraient pu aboutir, mais, mystérieusement, ses partenaires le quittaient sans qu'il sache comment il s'y prenait pour les faire fuir. Pourtant, il était la plupart du temps très amoureux et tout allait pour le mieux. Alors ? Qu'est-ce qui clochait, selon vous ?

— Je ne sais pas... Il avait peur, je suppose ?

— De quoi ?

— Des femmes ?...

— C'est un peu plus complexe ; comme d'habitude. Ne cherchons pas très loin et repensons au triangle des désirs dont je vous ai parlé : nos désirs et nos besoins veulent rarement la même chose ; dans certains cas, le conflit entre ces deux forces peut de plus nous mettre en danger. Pour Karl, tout s'est joué à la naissance de son frère.

— Quel est le lien avec ses problèmes amoureux ?

— La cause de nos soucis n'est pas forcément là où l'on pense ; comme ce conte de l'homme qui cherchait ses clés sous un lampadaire allumé, alors qu'il les avait perdues à deux pas de là, dans une ruelle sombre... Karl, donc, vivait depuis l'origine une relation idyllique avec sa mère, d'autant plus que le père n'avait pas sa place dans ce duo.

— C'est la faute de qui ? Du père ? De la mère ?

— De personne. Cette famille avait juste une mère très proche et un père distant. D'ailleurs, il y a fort à parier pour que cet homme et cette femme se soient choisis, sans le vouloir, en fonction de ces particularités. Mais revenons à leur fils, si vous le voulez bien… Donc, une relation très proche entre Karl et sa mère, qui laissait peu de place à un tiers. Rien de très extraordinaire, puisqu'à de rares exceptions près, c'est pareil pour tout un chacun.

— Moi aussi ?

— Il y a des chances. Or voilà que la mère tomba enceinte, et d'un autre garçon. Et ce qui devait arriver arriva : cette dernière s'éloigna de Karl pour investir son nouveau bébé, comme le ferait n'importe quelle mère.

— C'est systématique ?

— La plupart du temps, oui. C'est l'instinct maternel ; ce qui montre, là encore, pour revenir à notre triangle des désirs, qu'il s'agit moins d'une envie et d'un plaisir que d'une nécessité imposée par la vie. Dès lors, Karl a rapidement envisagé que la mort de son frère serait la meilleure solution.

— On peut concevoir des idées pareilles, à cet âge !? dites-vous très étonné.

— Que croyez-vous ? Les enfants ne sont pas des anges… à part dans les contes pour adultes. Vous aussi, vous êtes sûrement passé par là, je peux vous l'assurer.

— Ah…

— Même pendant un bref instant, nous avons presque tous cru un jour ou l'autre que le décès d'un de nos proches serait un soulagement. Mais cette pensée étant difficile à admettre, nous l'avons occultée dans un coin de notre tête, à l'abri de notre juge intérieur. Celui qui dit que ce n'est pas bien de faire du mal aux autres ; que les enfants sont des êtres innocents et purs… Vous connaissez le refrain. Qu'on le veuille ou non, nos instincts ne fonctionnent pas du tout sur le même registre que les devoirs de la morale, de l'éducation ou de la religion. Et pour ce qui est des besoins, tous les bébés du monde entier ne veulent qu'une chose : avoir une relation d'amour exclusive avec leur mère. Point. La logique des besoins, comme vous pouvez le constater, est très simple. Les instincts de vie font rarement dans la dentelle !… Combien de fois Karl n'a-t-il pas imaginé qu'il suffirait de pousser le landau dans l'escalier ou qu'il pourrait glisser un serpent venimeux dans le lit de son frère. Là encore, comme je viens de vous le dire, tout cela est très banal. En général, cela s'arrange avec le temps et nous acceptons, plus ou moins, d'avoir perdu cette relation d'origine en la reportant ailleurs.

— Par exemple ?

— Sur le père, les amis, les études, soi-même, Dieu… L'idée de « tuer » son prochain est rangée, dès lors, au placard de l'inimaginable et la route continue.

— Tuer, avez-vous dit ?

— Oui. Même avec des guillemets, c'est malgré tout de cela dont il s'agit. Sauf que là où le chemin de Karl s'est écarté radicalement de celui du commun des mortels, c'est que la réalité a rejoint ses pensées…

— Il a tué son frère !? dites-vous horrifié.

— Non. Rassurez-vous. Un jeune enfant peut penser cela, mais il ne passe pas à l'acte pour autant. Ce dernier est effectivement mort, mais de maladie. Karl n'y était pour rien. Mais toute sa vie, il resta, lui, persuadé du contraire.

— Et la mère ? Ce décès n'a pas dû être facile à vivre ?...

— Elle ne s'en est pas remise. Elle a vécu avec ce fantôme qu'elle n'arrivait pas à enterrer, laissant ainsi peu de place affective pour Karl qui n'a jamais pu retrouver son paradis perdu. Mais surtout, depuis ce temps-là, la relation idéale avec sa mère est associée, pour lui, à l'idée de mort. De la mort de son frère ; mais de la sienne également. Car c'est lui, le coupable... C'est en tout cas ce qu'il pensait en débarquant sur Trifulos.

— Lui ?

— Dans sa tête, oui. Et tout ce que vous auriez pu lui dire pour tenter de le convaincre n'aurait rien changé. Dès lors, c'est un scénario similaire que Karl rejouait à chaque rapprochement amoureux : la fusion dans un premier temps, puis l'éloignement pour ne pas provoquer la mort du partenaire ou la sienne. Il avait beau répéter les mêmes échecs, il restait attaché à cette quête d'amour infantile, comme à cette ancre.

— Et comment a-t-il fait pour s'en libérer ?

— C'est ce que nous allons voir, à présent, en poursuivant la visite.

Vous vous relevez tous deux, et votre hôte vous invite alors à le suivre dans les méandres de ce quai de l'Attachement. Des ancres envahissent petit à petit l'espace. Des énormes, des microscopiques, des rouillées, des dorées... Vous vous croyiez seul, mais vous découvrez vite une foule étrange. Des hommes et des femmes de tout âge marchent avec difficulté en traînant derrière eux une ancre accrochée à leur dos par un cordon. Comme celui de la naissance, sauf qu'il s'agit là d'un cordon dorsal. Certaines ancres semblent légères ; d'autres doivent peser des tonnes, au point que certains se sont assis dessus, ne prenant plus la peine de se déplacer. Il y en a même qui l'ont transformée en troglodyte, vivant à l'intérieur de cette bulle maternelle.

— Moi aussi j'en ai une ? demandez-vous avec appréhension.

— Tout le monde. Ou presque...

— Pourquoi je ne la vois pas ?

— Il y a plein de choses invisibles qui agissent pourtant dans votre vie, jusqu'à causer parfois des naufrages. Sur Trifulos, ce qui ailleurs est opaque peut devenir transparent.

— Mais je ne vois toujours rien...

— Et bien, retournez-vous !

Vous n'hésitez pas une seconde et découvrez, avec stupeur, un cordon dans le dos relié à une ancre que vous traînez au sol, comme les autres. Cette dernière n'est pas si imposante qu'elle vous empêche d'avancer, mais quand même. Vous ne pensez tout de suite qu'à une chose…

— Comment la coupe-t-on ?

— Attendez, tempère-t-elle. Quand vous verrez la suite du quai, vous changerez peut-être d'avis…

Résigné, vous lui faites confiance. Jamais, pour vous, attachement et enfermement n'ont autant rimé qu'à cet instant. Vous tâchez de ne plus y penser…

Vous parvenez à présent dans une partie du quai où les gens essaient de se détacher de leur ancre. Celle-ci étant difficile à détruire, tous s'acharnent sur le cordon. L'un s'y prend à la hache, l'autre à la machette, les plus prudents s'en tenant à des ustensiles coupants plus modestes. Le tout est souvent accompagné de pleurs et de cris, comme s'il s'agissait d'un enfantement ou du déchirement d'un morceau de soi-même. Mais le fil est très résistant. Dans tous les cas, il y a au minimum une giclée de sang. Ce cordon semble vivant.

— C'est du sang ?

— Le sang de la vie. Il n'y a pas d'accouchement sans la perte d'une goutte de ce précieux liquide. À votre naissance, on vous a coupé le cordon de devant. Pour accoucher de vous-même et larguer les amarres, vous devrez couper celui de derrière, de vos propres mains.

— Mais… c'est le sang de qui ?

Vous ne savez trop pourquoi vous avez lancé cette question ; mais peut-être avez-vous déjà la réponse. Pour preuve, l'angoisse dans laquelle vous met la proposition de la Sage-femme qui vous tend l'épingle qui lui servait de bouton.

— Versez-en juste une goutte, et vous comprendrez.

Vous restez un moment suspendu. Vous tremblez, mais vous avez besoin de savoir. Vous n'avez pas parcouru tout ce chemin pour revenir en arrière... Alors après un temps d'hésitation interminable, vous vous retournez et prenez le cordon dans une main, l'aiguille dans l'autre. Vous retenez votre respiration. Vous sentez le sang circuler dans ce drôle de cordon. Vous hésitez encore plus... Vous fermez les yeux et vous y allez d'un coup sec. Vous avez senti un léger picotement, bien moins aigu que lors d'une prise de sang. Ouf ! C'est moins douloureux que prévu. Vous rouvrez les yeux et apercevez une goutte de sang. Le cordon cicatrise alors et redevient comme avant. Rien de méchant. Vous alliez vous retourner vers votre hôte, quand vous entendez un faible gémissement qui semble venir de votre ancre. Vous en avez le souffle coupé. Vous êtes proche du malaise. Votre ancre est vivante, respire, vous regarde. Votre ancre a mal. Vous avez mal. Vous les avez reconnus. Ils sont là, devant vous, en chair et en os.

— C'est... mes parents.

— À l'extrémité de ce fil, ce sont les parents qui vivent dans votre tête, vos tripes et votre cœur.

— Je ne dois plus les voir, alors ?

— Vous pouvez partir à des milliers de kilomètres, tout en continuant à traîner une ancre énorme ; et, a contrario, vous pouvez habiter à côté d'eux, en étant complètement détaché de votre dette affective à leur égard.

— Mais pourquoi faut-il le couper ?

— Certains, comme Elsa ou Karl, en éprouvent le besoin, parce qu'il les empêche d'avancer. D'autres s'en accommodent toute leur vie. En ce qui vous concerne, vous êtes la seule personne au monde à savoir ce que vous devez faire…

— Et si je veux le couper ? demandez-vous après un instant de réflexion.

— Procurez-vous un outil tranchant. Ce n'est pas ce qui manque, ici.

— Pas moyen autrement ?

— C'est-à-dire ?

— Je ne sais pas… Avec un objet qui fait… moins mal.

— Essayez toujours. Mais je doute fort que vous arriviez à vous défaire de ce lien puissant avec une plume ou une fleur. Si l'autre a mal, vous aurez peut-être moins mal. Si vous ne voulez blesser personne, un jour ou l'autre vous serez blessé… Mais prenez votre temps. Cela ne servirait à rien de vous précipiter et de le regretter ensuite.

La sage-femme vous tend alors un petit cœur jaune qu'elle sort de sa poche.

— Tenez, dit-elle, cela peut vous être utile pour la suite de votre voyage.

Et, sur ce, elle disparaît dans le paysage, vous laissant face à vous-même.

> *Quelle que soit votre décision au sujet de l'ancre et du sous-marin, il ne vous restera plus qu'à retourner en <12> (p. 83). À moins que vous préfériez rester planté sur ce quai…*

## ❧ 18 ❧

# *Porte de la Mer*

Passant devant l'emplacement où exerçait le Conteur, vous empruntez cette Porte de la Mer qui donne accès au deuxième cœur bleu-vert de la cité de Trifulos. Des fontaines, des bassins et des jeux d'eaux, traversés par de menus ponts de bois, sont bordés de jardinets et d'arbustes. On dirait un jardin zen, en moins exotique. Cette composition est bercée par la mélodie du bruissement aquatique et du chant des oiseaux.

Vous marchez le long de ce chemin de l'Amour de l'Autre qui coupe le quai en deux. Vous vous arrêtez à une fontaine pour boire et pour apprécier cet instant de calme. Rêvassant au-dessus du fil de l'eau, vous percevez distraitement votre reflet. À quel moment s'est produit le phénomène, vous ne sauriez le dire, mais vos traits ont peu à peu cédé la place aux visages de personnes vivantes ou disparues que vous avez aimées dans le passé. La première surprise passée, vous vous familiarisez avec cette singularité. Vous avez l'habitude, maintenant. Ce qui serait étonnant, c'est qu'il ne se passe rien d'insolite ou de bizarre…

Au bout de quelques instants, vous vous surprenez à anticiper et à espérer l'apparition de certains visages connus. Vous réalisez alors que toutes les relations qui vous ont laissé un sentiment agréable apparaissent du côté gauche du quai, et celles dont vous gardez un souvenir plutôt pénible, sur le côté droit. Puis, plus rien. Le sortilège cesse comme il a commencé. Par contre, le sol s'est jonché de trous et de monuments funéraires avec cette épitaphe : « À mon ancien couple ».

Une personne séduisante, habillée avec beaucoup de goût, est agenouillée devant une stèle. Vous respectez son recueillement. Elle se lève à présent et se dirige vers vous.

— De la famille ? demandez-vous sans pudeur.

— Mon ancien couple. Je viens de l'enterrer. C'était dur, mais c'est fini désormais. Je suis libre. Je vais enfin pouvoir repartir à la recherche d'un nouveau partenaire.

— On se connaît, non ?

— Qu'est-ce qui vous fait dire cela ?

— Une vague intuition…

— Et vous, pourquoi êtes-vous ici ? Vous aussi, vous venez enterrer une ancienne relation ?

— Euh… je ne sais trop…

En fait, cette personne vous attire. Elle vous a plu tout de suite. Vous avez peut-être trouvé la réponse à votre quête : quelqu'un qui a vécu des difficultés analogues et avec qui vous pourrez réparer les échecs passés.

*Dès lors, qu'allez-vous faire ?*

>>>

> *Si vous êtes décidé à lui déclarer illico vos sentiments pour embarquer avec elle sur l'Océan de l'Amour, alors continuez page suivante.*

> *Sinon, allez en <18.a> (p. 149).*

Vous restez un temps à vous regarder en silence, sans bouger. Votre première impression se confirme : vous êtes sous le charme. Vous ne sauriez dire pourquoi, mais c'est plus fort que vous. L'autre attend que vous preniez la parole. Vous hésitez un moment, puis vous vous jetez à l'eau. Ce genre d'occasion ne se produira pas deux fois au cours de votre odyssée.

— Euh… je peux être franc avec vous ? dites-vous avec un léger tremblement dans la voix.

— Nous ne nous connaissons pas encore, mais s'il y a quelque chose, sur Trifulos, qui ne pose pas de problème, c'est la franchise.

— Tant mieux. Je n'ai pas l'habitude, vous savez ; et n'allez surtout pas croire que…

— Je vous plais, c'est cela ?

— On ne peut rien vous cacher, avouez-vous.

— Vous ne me déplaisez pas non plus, mais…

— Alors nous allons pouvoir effectuer un bout de route ensemble…

— Attendez. Vous ne m'avez pas laissé finir. Vous me plaisez, mais je ne pense pas que ce soit une bonne idée d'aller plus loin. Du moins, pour l'instant.

— Que voulez-vous dire ?

— Je vais vous faire une confidence. J'étais venu une première fois dans cette cité, comme vous, sans savoir ce que je venais y chercher et ce que j'allais y trouver… J'ai alors trouvé une personne dans une situation similaire : blessée par un amour déçu, seule et en quête d'un nouveau partenaire qui lui permettrait d'effacer ses échecs passés. Ce fut le coup de foudre et nous avons embarqué pour l'Archipel de l'Amour, sans attendre. À peine avions-nous dépassé l'Île de la Passion que notre couple a échoué. J'ai bien cru mourir… Alors, je suis revenu ici, en me promettant de ne pas répéter cette triste expérience. On ne navigue pas deux fois dans le même bateau…

— Alors, c'est non ? dites-vous dépité.

— Pour le moment. Vous devez songer d'abord à faire le point sur votre passé avant de vous lancer trop vite à l'aventure. C'est à cela que sert ce port de Trifulos.

> *Si vous décidez de vous ranger à son avis, allez en* <18.a> *(p. 149).*

> *Sinon, continuez page suivante.*

— Je crois que nous sommes faits l'un pour l'autre, dites-vous sans transition.

— N'insistez pas...

— Écoutez, dès notre rencontre, j'ai tout de suite su que c'était vous.

— Mais on se connaît à peine...

— Vous êtes la personne que j'espère depuis si longtemps...

— Je ne suis personne.

— ? ? ?

— Juste un mirage. Un fantôme, si vous préférez.

— Un fantôme ? C'est une blague ! Vous essayez de me dissuader ; mais il m'en faudra plus, vous savez. Fantôme ou pas, vous me plaisez, rétorquez-vous sur un ton des plus convaincants.

— Je ne plaisante pas. Je suis Personne : le masque de vos désirs.

— Je ne comprends pas...

— C'est ce masque que vous aimez, pas moi. Si vous cherchez un homme, je serai un homme. Si c'est une femme, j'aurai l'apparence d'une femme. Si vous penchez pour quelqu'un de jeune, de plus âgé, de faible, de fort, comme vous, différent de vous... tous ces traits-là et tous ceux que vous voudrez se retrouveront sur mon visage. Vous ne me voyez pas ; vous êtes aveuglé par cette image projetée sur moi. Voilà pourquoi nous ne devons pas partir ensemble, parce qu'un jour, inévitablement, le masque tombera, et alors votre déception sera importante. Vous êtes ici pour apprendre à regarder derrière ce masque.

À force de persuasion et d'insistance, vous avez gain

de cause. Vous voici tous deux en route pour les Îles de l'Amour ; vous avez complètement oublié ses paroles et vous ne pensez plus à ces fables de fantôme ou de masque. Vous êtes comblé. Dans un conte, on lirait « ils se marièrent et eurent beaucoup d'enfants », et vous verriez alors apparaître le mot « Fin ». Mais hélas ou heureusement, cela dépend de votre point de vue, vous n'êtes ni dans un roman ni au cinéma, et l'histoire va se mettre quelque peu à bégayer. Votre couple prend l'eau, et, sous peu, vous vous réveillerez à l'Auberge des Naufragés, ne sachant plus ce qui vous est arrivé.

> *En un mot comme en cent : vous venez de faire naufrage et il vous faut à présent retourner en* <10> *(p. 61).*

# <18.a>

Vous restez un moment pensif.

— Comment dois-je m'y pendre alors, si je veux suivre votre exemple ? demandez-vous.

— Allez trouver le Fossoyeur responsable de ce quai ; il est quelques tombes plus loin.

— Vous reverrai-je ?

— Qui sait…

— Merci et au revoir, lui dites-vous avec tristesse.

— Au revoir.


Après un ultime échange de regards, vous vous éloignez. Vous ne mettez guère de temps à apercevoir un homme occupé à creuser la terre.

— Bonjour, dites-vous, arrivant dans son dos.

— Bonjour, répond ce dernier sans quitter son labeur.

— Voilà, je viens…

— Je suis au courant ! coupe-t-il sèchement. Quand les nouveaux dépassent les premiers fantômes, c'est qu'ils sont prêts pour l'enterrement.

— C'était vraiment un fantôme !?

— J'en ai bien peur…

— Mais alors, si nous étions partis ensemble…

— Si vous étiez parti avec cette apparition, vous ne seriez pas là ; et comme vous êtes là, vous n'êtes pas partis ensemble… ironise-t-il, se retournant une pelle à la main.

Ce Fossoyeur semble moins engageant que le fantôme de tout à l'heure (si fantôme il y eut) et vous ne savez pas ce qui vous retient de rebrousser chemin…

Vous découvrez, au passage, que votre interlocuteur est bossu et qu'il a le corps recouvert de terre. Seuls les yeux verts et les dents jaunies par le tabac se démarquent du tableau. Au coin de la bouche, un vieux mégot qui tient on ne sait comment.

— Vous pensez que mon abord n'est pas très amical… reprend le Fossoyeur.

— Euh… C'est-à-dire…

— C'est voulu. Juste histoire de vous mettre dans le bain. Car, voyez-vous, les nouveaux qui débarquent ici croient que l'on enterre son passé avec des fleurs.

— Ce n'est pas le cas ? demandez-vous naïvement.

— Dans les autres cimetières, oui, mais pas sur Trifulos. Chez nous, vous aurez besoin de cela, dit-il en vous tendant un couteau.

— Un couteau ?

— Si vous êtes blessé et vous avez besoin d'une opération, vous croyez qu'on prendra quoi ?

— Mais c'est dangereux. Je pourrais me faire mal ou blesser quelqu'un…

— Le même ustensile peut servir à soigner ou à tuer ; tout dépend de l'utilisation.

— Et il va me servir à quoi ?

— À tuer votre passé, justement. Sinon, il n'y aurait aucune raison de l'enterrer, n'est-ce pas ?… Vous n'alliez tout de même pas ensevelir votre ancien couple vivant ?

— Ce n'était pas dans mon intention, dites-vous sans conviction.

— Alors vous pouvez commencer.

— À quoi faire ?

— Un enterrement ne se fait pas sans trou, et ce n'est

sûrement pas moi qui vais m'en occuper !

Sur ce, le Fossoyeur retourne à ses occupations. Vous restez un moment dans l'expectative, comme une poule qui aurait trouvé un couteau, si l'on peut dire. Puis, vous vous agenouillez et plantez l'arme dans le sol. Les premiers essais sont laborieux. À ce rythme-là, vous en avez pour des années…

— Soyez plus agressif, propose l'homme.

— Mais je ne veux de mal à personne…

— Mais vous vous faites déjà du mal, en refusant cette violence qui est en vous.

— Mais ce n'est pas bien d'être violent, non ?

— Alors pourquoi tuez-vous à chaque respiration des milliers d'êtres vivants qui pénètrent dans vos poumons ? rétorque ce dernier.

Vous êtes dérouté par sa remarque… Vous reprenez votre labeur. Le trou prend de l'ampleur. D'anciennes émotions arment à présent votre main. Vous repensez à ces blessures, ces frustrations, ces mots qui font plus mal qu'une lame acérée, ces espoirs perdus, ces sentiments d'avoir raté votre vie, de n'être rien… Vous imaginez qu'avec toutes ces amertumes, vous pourriez creuser jusqu'aux antipodes.

— Il faut que j'aille jusqu'où ? criez-vous à votre interlocuteur de l'intérieur du trou.

— Plus vous êtes monté haut avec votre relation passée, plus vous devrez creuser profond. Quand votre couteau tombera sur autre chose que de la terre, vous aurez touché le fond.

Vous continuez alors à extraire de la terre et des émotions contradictoires, jusqu'à en avoir les mains en sang et les larmes aux yeux. Vous redoutez de vous noyer dans ce raz-de-marée émotionnel. Mais cela se calme. Votre lame se plante enfin sur du bois. Vous enlevez soigneusement la terre et découvrez un coffret. Vous n'osez pas l'ouvrir, de peur de découvrir les pires atrocités. Et si un fantôme s'en échappait, comme un génie malveillant ?... Mais une fois de plus, la curiosité est plus forte. Vous l'ouvrez alors avec mille précautions, comme si vous teniez la Pierre Philosophale ou une arme dévastatrice.

Quelle surprise ! C'est un trésor. Un fabuleux trésor. Tout le positif de votre couple passé. Les folles nuits d'amour. Les fous rires. Les moments de partage, de complicité et de communication profonde. Les « je t'aime » qui vous ont pénétré jusqu'aux os et dont vous gardez la trace indélébile d'un tatouage amoureux. Tout le meilleur est là ; dans cette petite boîte. Tout le mauvais est parti dans ces larmes et ce sang, toute cette terre retournée et ce vide que vous venez de creuser.

Vous vous hissez à la surface, plus heureux que jamais. Avec ce coffret, vous vous sentez prêt à naviguer jusqu'au bout du monde en affrontant les pires dangers.

— Voilà, dites-vous au Fossoyeur ; j'ai fini.

— Vous avez fini ? s'enquiert ce dernier en se retournant.

— Oui, j'ai récupéré mon trésor. Merci pour votre aide.

— Ne me remerciez pas encore, vous risqueriez de le regretter.

— Vous me faites marcher...

— Vous n'avez pas fini, coupe-t-il. Le plus dur est à venir…

— Que voulez-vous dire ?

— À votre avis, qu'allez-vous mettre dans ce beau trou creusé à la sueur de vos mains ?

— Rien. Je pensais qu'il suffisait à présent de le reboucher.

— Allons !… On n'enterre pas un vide.

— Alors quoi ? demandez-vous dépité.

Pour toute réponse, le singulier croque-mort jette un œil sur le coffret que vous serrez contre vous comme s'il s'agissait d'un nouveau-né. Il n'a pas besoin d'ajouter un mot, se contentant de vous regarder avec une lueur de compassion. Vous ne voulez pas, mais vous sentez que cette petite boîte est, justement, ce qui vous retient au passé et qui vous empêche de larguer les amarres.

— Que me conseillez-vous ? lâchez-vous à regret après un temps.

— Je vous invite à écrire une lettre d'adieu à votre ancien couple ; comme à une personne aimée qu'il vous faut quitter pour aller de l'avant. Une fois terminée, placez-la dans cet écrin. Mettez-y le feu, puis versez les cendres dans le trou. Ensuite, vous n'aurez plus qu'à reboucher ce passé.

— Le feu ?…

— C'est le moyen le plus efficace pour nettoyer et cicatriser ce genre de plaies.

Il vous tend alors une boîte d'allumettes et un petit cœur bleu-vert qu'il sort de sa poche.

— Tenez, enchaîne-t-il, voici un morceau de votre clé d'embarquement pour l'Archipel de l'Amour.

— Et le voilier ? interrogez-vous en acceptant ses

153

présents.

— C'est un musée. Vous pourrez y admirer tous les souvenirs de vos relations passées, si le cœur vous en dit. Au cas où vous trouveriez d'autres petites boîtes à enterrer...

Et, sur ce, le Fossoyeur disparaît dans les chemins labyrinthiques de cet étonnant cimetière.

> *Quelle que soit votre décision à propos du coffret et du bateau, il ne vous restera plus alors qu'à retourner en <12> (p. 83). À moins que vous ne préfériez attendre une nouvelle apparition...*

## ❧ 19 ❧

# *Porte du Vent*

Vous venez de dépasser l'emplacement où s'activait l'Équilibriste, et vous traversez à présent cette Porte du Vent qui donne accès au troisième cœur de la cité de Trifulos. D'entrée, vous êtes plongé dans une atmosphère futuriste sur ce quai marbré de rose. Vous déambulez sur le chemin de l'Amour de l'Idéal ; quelques statues apparaissent dans le paysage. Celles qui sont sur votre droite sont passablement dégradées ; certaines ne sont qu'éboulis, entièrement brisées, d'autres ont perdu leur prestance. Parmi les débris de ces idoles tombées de leur piédestal, vous reconnaissez sans peine vos grandes désillusions concernant vos parents, des relations amoureuses, des projets de carrière ou de réussite sociale, telle ou telle personne de votre entourage… À votre gauche, elles se tiennent encore debout, et figurent, de manière assez réaliste, les idéaux auxquels vous continuez à croire. Puis, planté en plein milieu du quai, non loin du bateau suspendu, un œil de marbre colossal. Vous vous approchez et découvrez que l'iris noir est, en fait, l'ouverture d'une grotte.

> > >

> *Si vous préférez ne pas pénétrer dans l'œil, allez en* <19.a> *(p. 159).*

> *Sinon, poursuivez page suivante.*

Une fois à l'intérieur, vous parcourez un long dédale de galeries plus ou moins sombres avec pour toute compagnie des chauves-souris naines et le clapotis d'une eau saumâtre. À chaque embranchement, vous prenez une direction plutôt qu'une autre, sans hésiter. Vous avez l'impression d'être chez vous. Vous avez confiance. Puis vous arrivez à une immense salle centrale éclairée par des torches. Au centre : une statue de marbre. Monumentale ; comme ces imposants bouddhas d'Orient. Un escalier taillé dans la roche permet de monter à la hauteur de son visage. Vous l'empruntez, et c'est la stupéfaction. Le choc. Seul un Dieu a pu construire pareille œuvre... Vous tombez à genoux.

Vous avez devant vous la personne que vous projetez sûrement, quoique confusément, de rencontrer depuis l'origine. Le but de votre quête, peut-être. Cette statue, c'est... vous. Vous tel que vous n'avez jamais osé l'imaginer. Vous, au sommet de la Perfection, de la Puissance, de la Gloire, de la Beauté, de la Sérénité... Un Vous tellement majuscule qu'à côté vous vous sentez devenir de plus en plus minuscule. Une poussière. Un zéro. Rien... L'ombre de la statue vous plonge dans la nuit... Vous tremblez de tout votre corps. Vous avez froid. La peur vous glace jusqu'à la moelle des os. Votre tête et vos poumons semblent prêts à éclater, comme s'ils étaient comprimés par un colosse. Puis le sol se dérobe sous vos pieds ; vous tombez dans un trou noir. La descente dure une éternité. Vous avez l'impression de remonter le fil de votre vie jusqu'à votre naissance. La chute va bientôt s'arrêter, et tout sera fini ; vous serez enfin arrivé au bout du voyage... Vous entrevoyez alors un faisceau lumineux. Infime, mais suffisant pour y discerner des formes. Puis une voix. Un appel. Un chant étrange ; mi-animal, mi-humain. Vous vous accrochez à ce trait de lumière. Et de toutes vos forces puisées au fond de chacune de vos cellules, vous grimpez le long de ce lien microscopique qui vous rattache à la vie. Vous êtes, de nouveau, dans la galerie centrale. La statue est toujours là. Cette fois-ci, vous distinguez qu'elle ne possède qu'un œil au milieu du front, qui balaye la pièce tel un phare. Vous courez et rebroussez chemin, pour ne pas retomber dans ce puits sans fond. Sur place, vous constatez que l'entrée de la grotte est obstruée par une énorme pierre ronde qui en barre le passage. Impossible de la déplacer. Vous remarquez alors, à vos pieds, un grand tronc d'arbre taillé aux extrémités.

Dans un premier temps, vous pensez déplacer la pierre en utilisant ce levier. Mais, s'il se cassait ? Vous avez une meilleure idée… Vous traînez péniblement la lourde poutre jusqu'à la salle centrale puis vous re-grimpez l'escalier rocheux. Vous vous arrêtez juste en face de l'œil de la statue. Hissant le bois dans un effort titanesque, vous prenez votre élan et enfoncez le pieu pour l'aveugler à jamais. L'idole s'effondre alors dans un fracas de fin de monde, soulevant un nuage de pous-sière digne d'une formidable explosion. Vous retournez ensuite vers la sortie avec la certitude que la voie est libre… Gagné ! Vous plongez aussitôt au dehors.

Vous observez de nouveau le surprenant œil de marbre. Vous n'avez pas rêvé : il s'anime. Il monte à présent dans les airs, cédant la place à un cyclope de pierre sorti du sol, comme par enchantement. Ce dernier se dirige vers vous, avec l'intention manifeste de vous faire passer un mauvais moment… Il n'est plus qu'à quelques centimètres, prêt à vous écraser d'une simple chiquenaude, son visage plein de haine. Sa main imposante s'abat sur vous ; au ralenti. Vous êtes tétanisé sur place et voyez, spectateur impuissant, l'ombre de la mort se rapprocher inexorablement… Vous fermez les yeux. Une seconde. Deux secondes… C'est fini ? Vous êtes mort ?… Au milieu de votre front, une sensation de froid qui n'augure rien de bon. Vous vous attendez, alors, à sentir votre tête partir en mille morceaux sous le choc. Mais rien ne se passe. Vous n'osez pas rouvrir les yeux. L'attente est interminable…

— Désolé pour cette mise en scène, lance une voix asexuée. Vous pouvez bouger maintenant. Vous ne craignez plus rien ; le monstre a disparu.

Après une légère hésitation, vous revenez à la réalité. Vous vous décidez alors à tourner la tête, pour découvrir un Illusionniste en habit de paillettes, chapeau et baguette de magicien. Le cyclope n'est effectivement plus là, ne subsiste que l'œil de pierre, à quelques mètres devant vous.

— Bienvenu sur le quai des illusions, déclare votre hôte, à qui vous découvrez un double visage mi-homme mi-femme, comme chez l'Équilibriste et la personne de l'Auberge.

— Ce n'était… qu'une illusion ?

— Je sais, c'est difficile à croire, comme tous les bons tours de magie. C'est un des plus vieux trucs du monde.

— Et ce que j'ai senti sur le front ?

— Ma baguette magique. Fermez les yeux et constatez par vous-même.

Vous suivez sa proposition, et vous ressentez alors un contact froid similaire.

— Que s'est-il passé, alors ? demandez-vous perplexe.

— Si vous avez déjà rencontré la Bohémienne, l'Équilibriste ou l'apparition du quai du Deuil, vous devez être familiarisé avec ce phénomène naturel. En posant ma baguette au milieu de votre front, j'ai éteint le projecteur à l'origine de ces films intérieurs qui vous paraissent plus vrais que nature, et dont vous êtes à la fois auteur, acteur et spectateur.

— J'ai tout inventé alors, comme dans un rêve ?

— Vous n'inventez pas le monde, sinon ce serait de la folie ; disons plutôt que vous l'interprétez et le traduisez. À votre manière.

— Je ne vois pas bien la différence, avouez-vous.

— Quand on dit que « l'amour est aveugle », reprend ce dernier, c'est cela. Mais il serait plus juste de dire que « l'amour est borgne », car il ne voit qu'avec l'œil de votre projecteur mental. Ainsi, selon la face que je vous présente, vous aurez tendance à me trouver sympathique ou non. Mais au fond je ne suis ni l'un ni l'autre. Ou les deux. Au choix… Le système marche également dans l'autre sens, évidemment. Ainsi, vous, par exemple ?

— Moi ?

— Quel type d'individu êtes-vous ? Sympathique ou antipathique ? Cela dépendra évidemment de la personne en face, enchaîne-t-il sans attendre un semblant de réponse. Pas besoin de connaître votre vie ni vos relations passées pour deviner que certains vous trouvent plutôt antipathique et d'autres non, n'est-ce pas ?

— En effet.

— Je n'ai pas de mérite à jouer les devins, dit le magicien, puisqu'il en va ainsi pour le commun des mortels.

— Alors nous ne voyons jamais les autres tels qu'ils sont en réalité ?

— Entre vous et l'autre, entre vous et le Monde, il y a l'écran de vos certitudes, vos doutes, vos peurs, vos manques, vos besoins, vos désirs, vos projets, vos attentes, vos espoirs, vos expériences, vos échecs, votre culture, votre langue, votre religion, votre moi-je, votre corps, votre conditionnement génétique, vos idéaux... en bref tout ce qui constitue votre vie actuelle.

— Celui qui se serait débarrassé de tout cela verrait la réalité en face, sans illusion ?

— Celui qui se serait débarrassé de tout cela, comme vous dites, contemplerait en effet la vérité toute nue ; sans tache. Le problème, voyez-vous, c'est qu'en faisant de la sorte vous risquez de jeter le bébé avec l'eau du bain et de vous débarrasser purement et simplement de la vie elle-même.

— La vie ?

— Que croyez-vous ? La vie et l'illusion font bon ménage. Quand on dit que « la vie est aveugle », c'est cela. La vie est magique... comme l'amour.

— Mais alors, l'amour n'est que du vent !? dites-vous de plus en plus perplexe. Comment faire pour aimer… une illusion ?

— Continuez comme vous l'avez fait jusqu'à aujourd'hui. Rien de plus. Rien de moins. Laissez-vous séduire… Remarquez, au passage, que séduire et traduire ont une origine équivalente : dans tous les cas il s'agit de conduire l'extérieur à soi… L'amour est peut-être du vent, mais sans lui vous aurez du mal à gonfler les voiles pour aller de l'avant.

Vous restez un moment à digérer les paroles du magicien.

— Si je ne peux pas voir la réalité extérieure autrement qu'à travers l'écran de mes projections — si j'ai bien compris vos propos — qu'en est-il de moi-même ? Puis-je me voir réellement tel que je suis ?

Votre hôte sort alors un miroir ovale de sa poche et vous le donne.

— Que voyez-vous ? demande-t-il.

— Moi.

L'Illusionniste reprend alors le miroir et le brise en le jetant par terre.

— Alors pourquoi n'êtes-vous pas cassé en mille morceaux ?

— Euh… C'était mon image, corrigez-vous.

Votre hôte touche alors un des éclats avec sa baguette magique, et le miroir se recolle entièrement, en marche arrière. Il vous le retend ; ce dernier n'a miraculeusement pas changé, à l'exception d'une tache rouge apparue en haut à gauche.

— Et si vous vous regardez à nouveau, que verrez-vous ? Un visage semblable ou un autre ?

— Le même, répondez-vous, cette fois sans hésitation. À part la tache rouge.

— Qu'avez-vous perdu, après que j'ai détruit le miroir ?

— Rien, je crois.

— Alors la prochaine fois que vous aurez le cœur brisé par votre partenaire amoureux ou toute autre relation, demandez-vous ce qui a été déchiré : vous ? ou votre image ? Et si c'est votre image, pourquoi avez-vous si mal ?... Qu'est-ce qui a été touché ? Qu'avez-vous perdu ? À quoi tenez-vous le plus : à vous ? ou à votre image ?...

Des souvenirs pénibles rejaillissent. Des phrases qui font mal ; des actes qui blessent au plus profond de l'âme ; des trahisons et des abandons insupportables. Tant de déceptions et de frustrations... Vous revoyez alors, mentalement, le miroir se casser en mille fragments épars. Une fois. Deux fois. La dernière au ralenti. En se brisant cette troisième fois, le miroir libère du sang, comme s'il était vivant. Vous voyez votre reflet dans ce miroir taché de rouge. Vous portez la main à votre visage ; il est intact. « Qui a été brisé : vous ? ou votre image ?... À quoi tenez-vous le plus : à vous ? ou à votre image ?... » Les paroles de l'Illusionniste tournent et tournent en un ballet lancinant.

Il vous arrache à vos ruminations...

— Cette image, reprend le magicien, a bien plus d'importance dans votre vie que vous ne le supposez. Vous aurez d'ailleurs tendance à la considérer comme

163

une personne en chair et en os. Quelqu'un que vous pourriez aimer plus que vous-même, parfois plus que la vie. Certains seront ainsi prêts à sacrifier leur corps pour la sauvegarder, dans un acte suicidaire désespéré. La plupart du temps, la violence portée à cette image-là vous fera plus mal que des coups réels. C'est aussi elle qui fait la pluie et le beau temps sur votre baromètre intérieur : vous parlerez de bonheur quand l'écart entre la réalité et l'image que vous en avez sera faible ; de souffrance ou de malheur quand cet écart dépassera un certain seuil. J'arrête là…

— Tout le monde fonctionne de la sorte ? demandez-vous.

— Sauf les très jeunes enfants, quelques fous et de rares sages. Mais, pour vous comme pour moi, qui ne sommes ni tout à fait fous ni parfaitement sages, il nous faudra apprendre à jouer avec ces reflets de la vie… Vous pensiez être seul là-dedans ? Vous devrez désormais cohabiter avec votre ombre. Vous êtes au moins deux.

— Au moins !?

— Et oui… Dans le couple, justement, combien de personnes sont en jeu, selon vous ?

— J'aurais envie de répondre « deux » ; mais je crois avoir entendu çà et là qu'un couple serait constitué de trois personnes, déclarez-vous.

— C'est la tendance actuelle, en effet. En ce qui me concerne, on est loin du compte ; pour moi, un couple, c'est neuf personnes.

— Neuf !?

— Vous allez comprendre pourquoi la vie amoureuse n'est pas si simple… En plus des trois protagonistes évoqués — vous, votre partenaire, le couple — rajoutez désormais :

.l'image que vous avez de vous-même ;
.l'image que vous avez de votre partenaire ;
.l'image que vous avez de votre couple ;
sans oublier,
.l'image que votre partenaire a de vous ;
.l'image que votre partenaire a de lui-même ;
.l'image que votre partenaire a de votre couple.

— Alors quand vous dites à votre partenaire qu'il a changé, enchaîne l'Illusionniste, qu'il est comme ceci, comme cela… De qui voulez-vous vraiment parler : de votre partenaire ? de son image ? du couple ? de votre image de cette relation ?… À l'identique, quand vous pensez que cette personne vous a fait mal ; qui est blessé : vous ? votre image ? Et ainsi de suite…

— Tenez, voici pour compléter votre clé, termine-t-il sans transition en vous tendant un petit cœur rose.

Vous prenez son offre, le remerciez et vous rejoignez la place de Trifulos en vous regardant dans le miroir taché, quand votre hôte vous rattrape.

— Attendez ! dit-il. Je dois récupérer le miroir.

— Ah, excusez-moi, dites-vous en lui retournant l'objet.

— Je vous le laisserais bien, mais il est… dangereux.

— Comment ça ?

— Certaines personnes qui l'ont eu en leur possession en sont mortes.

— Mortes ?!

— Par suicide. Voyez-vous, je ne vous ai pas dit que ce miroir avait la propriété extraordinaire de révéler le passé, le présent et l'avenir à celui qui se regarde dedans après avoir appuyé sur la tache rouge.

— Et c'est cela qui est dangereux ? vous étonnez-vous.

— Il y a certaines choses qu'il vaut mieux ne pas savoir. La vérité et le bonheur ne font pas forcément bon ménage…

Et sur ces paroles énigmatiques il disparaît en tournoyant sur lui-même avec sa cape. Après un temps d'expectative, vous réalisez que vous auriez dû lui demander ce qu'il y avait dans ce bateau perché en l'air. Il vous aurait sans doute répondu que c'était un cinéma dans lequel sont projetés vos films intérieurs. Comme vous les avez tous vus maintes et maintes fois, vous n'avez pas perdu grand-chose…

> *Tout en repensant à ce miroir étonnant, vous retournez en <12> (p. 83) pour prendre une nouvelle décision.*

# *Porte du Feu*

Vous avez entre les mains la clé complète de Trifulos, avec les trois cœurs. Avec entrain, vous descendez les marches de la tour noire, qui vous mènent à la quatrième porte aperçue à votre arrivée. Vous êtes à présent face à votre destin. Derrière cette Porte du Feu, vous rencontrerez le Passeur qui vous permettra d'embarquer vers l'Archipel de l'Amour. Il vous tarde de mettre les voiles… Avec une légère excitation, vous insérez la clé en forme de trèfle. La porte s'ouvre sur… un mur avec cette simple inscription : « pour appeler le Passeur, frappez à la porte d'à côté ». Vous êtes décontenancé, mais, après un instant, vous vous dirigez malgré tout vers la porte sans serrure. Si vous aviez su qu'il suffisait de tambouriner à cette deuxième porte sommaire, vous n'auriez pas fait tous ces détours. Mais puisque vous êtes là… À peine avez-vous frappé le troisième coup, vous entendez un grincement de bon augure.

— Coucou ! Je suis là…

Vous baissez la tête, pour découvrir un jeune enfant tenant un flambeau allumé.

— Vous… vous êtes le Passeur ? dites-vous stupéfié.

— Vous êtes surpris ? Vous attendiez quelqu'un d'autre, peut-être ?… Ne vous inquiétez pas, j'ai l'habitude. Je ne me vexe pas pour si peu. Mais l'enfant n'est-il pas l'éternel passeur entre l'ancien et le nouveau monde ?... N'accordez pas trop d'importance à mon apparence : derrière ce corps d'enfant se cache une tête tout ce qu'il y a de plus adulte... Vous vous demandez sûrement pourquoi tout ce circuit pour venir juste frapper à cette porte-ci ?

— En effet. Cela aurait été plus simple...

— Pourquoi faire plus simple ? Pour se conformer à vos attentes ?... Mais ce monde n'a pas été construit pour vous, je vous le rappelle. Les personnes rencontrées tout au long de votre vie, non plus, ne sont pas nées pour vous. Alors si vous cherchez la simplicité et voulez aller droit au but, persévérez dans vos rêves d'enfant !... Vous croyez que, si on vous avait donné le choix entre venir directement à ma porte ou faire un détour par les quais de l'Attachement, du Deuil et de l'Illusion, vous auriez penché pour la difficulté ?

Vous restez sans voix. Il enchaîne.

— Ce parcours ne suit pas la ligne droite de vos envies, mais les voies sinueuses de la vie. Nuance. Vous ne le saviez peut-être pas, mais le bonheur ressemble à tout, sauf à une ligne droite. Alors, si vous voulez continuer à vous perdre dans les méandres de cette cité, suivez-moi.

Vous êtes déconcerté par le préambule sans ménagement de votre hôte, mais vous tempérez car vous avez besoin de sa lumière pour la suite de votre pérégrination dans les labyrinthes de l'amour. Le Passeur vous ouvre alors la marche le long d'un corridor sombre et humide, aboutissant à une nouvelle caverne centrale d'où partent trois tunnels disposés en triangle. Une sorte de réplique souterraine de cette place de Trifulos que vous avez amplement foulée de vos pas, pour en arriver là.

— Voilà, dit l'enfant, nous sommes au dernier carrefour. Pour quitter cette cité et poursuivre votre voyage, il vous faudra emprunter un de ces passages.

— Lequel choisir ? questionnez-vous. Ils ont l'air identiques.

— Je suis là pour vous éclairer. En descendant dans les sous-sols, vous avez quitté le monde de la matière pour celui de la lumière. Après les portes marquées du sceau des trois premiers éléments de la terre, de l'eau et de l'air, vous entrez ici dans le royaume du feu. Cette flamme qui réchauffe, mais risque aussi de vous brûler. Cette lumière qui éclaire, mais peut aussi vous aveugler. Ce feu, le voici, termine votre hôte en vous passant sa torche.

Vous hésitez un moment à reprendre le flambeau.

— Allez-y. Vous ne craignez rien. Vous êtes né dans le feu ; l'aviez-vous oublié ?

— Je suis né dans… le feu ?

— Comme moi. Comme tout un chacun. Avant d'être un fruit de la Terre ou d'avoir émergé de l'Océan originel, chaque atome de vos milliards de cellules vous rappelle que vous êtes, en premier lieu, un enfant du soleil. Mais revenons à votre flambeau. Selon vous, reprend le Passeur, quels sont les trois ingrédients indispensables pour entretenir la flamme que vous tenez dans les mains ?

— Euh…

— Pourquoi cette question ? Quel est le lien avec l'amour ?… Répondez et vous comprendrez où je veux en venir.

— Trois ingrédients ? reprenez-vous après un temps.

— Vous n'êtes pas sans savoir qu'ici, sur Trifulos, tout marche par trois. Pour vous faciliter la tâche, repensez aux trois portes de la Terre, de la Mer et du Vent. Alors ?

— L'air, avancez-vous.

— Sans air, en effet, aucune flamme ne peut brûler normalement. Et ensuite ?

— Un liquide inflammable, j'imagine.

— L'huile, dans le cas présent. Et pour terminer, une mèche. C'est le solide qui sera le support de la flamme, conclut votre hôte sans vous laisser le temps d'enchaîner. Ces trois éléments sont présents dans la flamme de la vie qui brûle en vous : l'eau, l'oxygène et les aliments. Le feu de l'alchimie amoureuse, continue le Passeur sur sa lancée, fonctionne sur le même modèle ; les saltimbanques de la place ont dû vous en donner un aperçu. Il vous sera ainsi nécessaire de satisfaire les besoins de votre corps qui est le réceptacle de cette flamme de l'amour ; nourrir cette dernière avec le carburant de vos désirs et émotions ; et la brûler avec l'air de vos projets. Si l'un de ces trois ingrédients manque ou est présent en excès, cette flamme pourrait se révéler trop faible pour vous réchauffer… ou trop vive et vous brûler. Observez, en passant, ajoute ce dernier, que le feu de l'amour et celui de la vie se nourrissent l'un l'autre. Ainsi des difficultés affectives pourront être compensées par un excès de nourriture ou de boisson pour étouffer ou noyer la solitude et le chagrin. Pareillement, tomber amoureux redonne souvent goût à la vie. Vous avez dû rencontrer cela…

— Un peu, oui, éludez-vous.

— Vous êtes ici dans le triangle du Feu. Dans un de ces tunnels, vous affronterez le gardien du Feu de la Vie. Dans un autre, celui du Feu de l'Amour. Et dans le troisième, le cerbère du Feu de la Vérité.

— Je dois donc trouver le Feu de l'Amour ?

— Vous pouvez être attiré par l'amour de l'Amour, c'est le plus voyant ; mais aussi par l'amour de la Vie ou l'amour de la Vérité. À moins que vous ne désiriez connaître la vérité sur l'Amour. La relation entre ces trois feux est plus complexe qu'il n'y paraît. L'amour est triple, comme vous pouvez le constater… Et dans toute relation amoureuse, il est souhaitable de savoir comment brûle le feu de la vie et celui de la vérité.

— La vérité, aussi, est triple ? questionnez-vous.

— Vous avez en vous trois modes de connaissance de vous-même, des autres et du monde : la pensée rationnelle, les émotions et les instincts. Ou votre tête, votre cœur et vos tripes, si vous préférez.

— Mais alors, à quelle vérité faut-il se fier ?

— Ces trois systèmes produisent une vérité différente ; chacune valable dans son propre domaine, mais rarement en dehors. Ce qui est vrai au niveau des émotions n'est pas nécessairement rationnel ; et réciproquement. Ainsi, pour construire un bateau, il est préférable d'utiliser sa tête plutôt que ses émotions ; mais pour construire un couple, c'est souvent l'inverse… Croire qu'une de ces vérités est plus vraie que les deux autres est une illusion tenace dont l'être humain n'arrive pas à se défaire. J'ai bien peur qu'elle ne l'accompagne, comme son ombre, jusqu'à la fin des temps !…

— De là, les problèmes fréquents de communication dans les couples ? proposez-vous.

— En effet. Beaucoup de conflits et de souffrances dans les relations amoureuses, mais aussi entre soi et soi, entre deux pays… viennent de cet aveuglement. Ainsi, à l'avenir, quand vous vivrez une relation où l'un de vous dira « j'ai raison ; tu as tort », allumez en vous ces trois flammes de la vérité. Vous y verrez alors plus clair… Mais assez parlé. Trop parlé, même. Pour l'heure, vous devez continuer votre voyage en traversant l'un de ces tunnels. Lequel ? C'est à vous d'en décider.

Le Passeur tourne alors les talons, s'apprêtant à disparaître dans la nuit.

— Attendez ! vous écriez-vous. Comment allez-vous faire, sans lumière ? Vous n'allez rien y voir, dans ces souterrains sombres. Prenez la torche.

— Ne vous inquiétez pas ; je ne suis plus un enfant. Cette flamme vous sera plus utile qu'à moi. Le feu brûle suffisamment à l'intérieur de ma carcasse pour éclairer mes pas.

À ces mots, votre hôte prend feu et se transforme en torche humaine. Vous avez envie de crier ou d'aller secourir votre éclaireur, mais vous restez pétrifié. Dans les flammes, vous voyez apparaître tous les protagonistes croisés depuis le début. Et dans l'ordre d'apparition, qui plus est, comme le générique de fin d'un bien drôle de film : les trois Aubergistes, les trois saltimbanques de la place, puis les trois responsables des quais, jusqu'à cet énigmatique Passeur. Le feu s'évanouit, et vous retrouvez votre interlocuteur intact. Les flammes ne semblent pas avoir eu d'effet sur lui.

— Vous et les autres, vous n'étiez... qu'une seule et même personne ? hésitez-vous hébété.

— Comme vous avez pu le constater.

— Ainsi nous n'étions que deux ?

— Qui est donc ce deuxième ?

— Je ne comprends pas où vous voulez en venir, dites-vous dérouté après un temps.

— Qui croyez-vous avoir rencontré, depuis votre arrivée ?

— Vous, si j'ai bien compris.

— Mais savez-vous au moins qui je suis ?

— Je connais juste votre nom et vos multiples visages.

— Et qui vous dit que le dernier visage du Passeur est le vrai ?

— Euh... Rien, en effet. Mais alors, qui êtes-vous en réalité ? demandez-vous inquiet par avance de la réponse.

— Vous tenez vraiment à le savoir ?

— Euh... Oui. Non... Je ne sais plus...

— Pour voir apparaître mon vrai visage, c'est assez simple : il suffit de me mettre le feu avec la torche. Tous mes masques s'envoleront alors en fumée et vous aurez devant vous la vérité toute nue.

— Vous mettre le feu !?

— Vous assisterez à une transmutation inversée qui changera, cette fois, l'or en plomb.

*Qu'allez-vous prendre comme décision ?*

>>>

> *Vous préférez en rester là, et laissez dès lors partir votre Passeur en vous dirigeant en <20.a> (p. 177).*

> *Vous désirez connaître son vrai visage : continuez page suivante.*

Vous restez un instant silencieux, face à face ; vous, le flambeau à la main ; le Passeur, attendant impassible que vous l'incendiiez pour y voir plus clair. Vous hésitez. Vous tremblez. Vous n'aurez pas la force... Vous fermez les yeux et lancez la torche. Vous entendez les flammes consumer et transformer le corps. Des odeurs écœurantes de chair grillée vous parviennent et vous donnent la nausée. Vous ne voulez pas regarder. Vous ne devez pas regarder ; c'est au-dessus de vos forces. Vous vous bouchez les oreilles. Le nez. Vous tentez de plus de vous arrêter de respirer pour ne pas avaler la fumée, mais vous ne résistez pas longtemps. Vous suffoquez. Vos yeux pleurent. La fumée ?... Vous demeurez, ainsi, coupé de la réalité extérieure, un long moment... Vous sentez intuitivement que tout est terminé. Vous patientez quelques secondes de plus ; on ne sait jamais. Puis encore un peu ; des fois que... Enfin, à force de tergiversations, vous ouvrez vos fenêtres sur le monde pour découvrir, sous vos yeux, un miroir. Ovale ; comme un grandiose zéro de quelque deux mètres de hauteur. Avec une tache rouge en haut à gauche. Le reflet animé du Passeur apparaît.

— À présent, vous savez, dit ce dernier.

— Vous n'étiez qu'un reflet...

— Un reflet ?

— Oui. Une image.

— Vous devez faire erreur, dit l'image de l'enfant.

— Mais alors, qui êtes-vous ? lancez-vous dans un cri désespéré.

Pour toute réponse, la surface du miroir explose en mille morceaux qui volent tout autour de vous. En touchant le sol, les éclats se transforment en poussière.

Seule subsiste, désormais, l'armature métallique ovale. Pourquoi ne pas traverser le miroir, désormais vide ? Après moult hésitations, vous préférez ne pas tenter l'expérience. Sage décision, car dans le cas contraire vous auriez dû tout recommencer à <0>.

# <20.a>

De nouveau dans l'expectative, vous effectuez un tour de galerie pour examiner les trois tunnels entre lesquels vous devrez choisir. Vous avez eu, pendant un instant, l'envie de revenir sur vos pas ; mais un pressentiment vous a freiné. Bien vous en prit. Quand bien même vous auriez tourné dans ces souterrains jusqu'à la fin des temps, vous n'auriez jamais pu retrouver la route du retour. Dans ce monde, on ne revient pas en arrière. Toutes les portes se ferment à mesure que vous cheminez. Pour l'éternité. Dès lors, il ne vous reste plus qu'à avancer… Oui, mais par où ? Les trois corridors sont identiques… Le Passeur a bien dit qu'il allait vous renseigner sur la question, mais il a manifestement oublié… Vous pénétrez au hasard dans un des tunnels. Dès les premiers mètres, vous constatez qu'il prend une couleur particulière. Idem pour les deux autres, sauf qu'à chaque fois la couleur est différente. Une maigre différence… Désormais, vous avez le choix entre le tunnel vert, le bleu et le rouge.

*Que faites-vous ?*

*> Si vous possédez au creux de votre main gauche un tatouage de trèfle à six feuilles et que voulez demander conseil à votre dé magique, filez en <21> (p. 179).*

*> Si vous vous décidez pour le tunnel bleu, allez en <22> (p. 184).*

> > >

> *Si vous optez plutôt pour le rouge, allez en <23> (p. 188).*

> *Si vous préférez le vert, allez en <24> (p. 193).*

# ❧ 21 ❧

# *Yasara – III*

À peine avez-vous évoqué trois fois le nom du Maître à six faces que ce dernier se tient devant vous, ses six charmantes têtes prêtes à vous guider.

— J'imagine que vous nous avez convoqués au sujet des trois tunnels ? attaque le Vieux sans préambules.

— Je sais juste que chacun s'éclaire d'une lumière différente, mais j'ignore ce qu'il y a au bout. Je ne sais lequel prendre, déclarez-vous.

— Vous pourriez en sélectionner un au hasard, dit la Vieille. Tous les trois vous permettent d'aboutir, plus ou moins, au même résultat. Il n'y a que la couleur qui change, si j'ose dire…

— En tout cas, moi je préfère Scylla, dit le Garçon.

— Moi, j'aime mieux le chant de Molpé, dit la Fille.

— Avec Charybde, le compte est bon, dit l'Homme.

— Ce sont les trois gardiens dont m'a parlé le Passeur ? interrogez-vous.

— Exactement, répond la Femme. Scylla est le gardien du Feu de la Vérité. Charybde celui du Feu de la Vie. Et la sirène est la dépositaire du Feu de l'Amour, comme il se doit.

— Je dois donc choisir la sirène ?

— Pas forcément, dit la Femme. L'alchimie amoureuse a besoin de ces trois feux pour produire son œuvre. L'amour de la Vie. L'amour de la Vérité. Et l'amour de l'Amour.

— Mais alors, où me diriger ?

— Scylla est un monstrueux chien baveux, grand comme papa et maman réunis, explique le Garçon.

— Charybde est un abysse sans fond, enchaîne son père.

— Et Molpé, une sirène composée d'une tête d'oiseau, d'un corps d'humain et d'une queue de poisson, termine la Fille.

— Ce sont… des monstres ?!… demandez-vous inquiet.

— En quelque sorte, répond l'Homme.

— Mais ils ne sont guère dangereux, ajoute la grand-mère.

— Chacun des trois est comme un sphinx qui vous posera une question capitale pour la suite de votre aventure, complète l'ancien.

— Une question ?… Quelle question ? dites-vous.


— Examinez attentivement la stalactite juste au-dessus de votre tête, propose l'ancien.

Vous levez les yeux et distinguez, en effet, un morceau de calcaire qui pend du plafond de la grotte. Une goutte d'eau se forme et s'apprête à rejoindre le sol. Vous vous écartez pour l'éviter. La goutte d'eau se détache alors et tombe ; au ralenti. Elle ralentit même de plus en plus, jusqu'à s'immobiliser devant vos yeux ! Le temps s'est-il arrêté ? Vous observez les six visages de votre hôte, avec un point d'interrogation dans votre regard.

— On raconte qu'au début du Monde, reprend le grand-père, il n'y avait que les Eaux Primordiales. Un Océan infini dont les mouvements infimes étaient insuffisants pour qu'il se passe quoi que ce soit à la surface des choses. Puis vint un matin où le vent s'est levé, et alors les vagues sont apparues. Au troisième jour, la force redoublée du vent et le mouvement incessant des vagues donnèrent naissance à des gouttes d'eau. Certes, comparé à celui de l'Océan, le temps de la goutte d'eau était insignifiant ; mais, pour elle, c'était sa vie. La goutte d'eau avait ainsi tout loisir de se poser de nombreuses questions, dont les trois principales : qui suis-je ? quel est le sens de la vie d'une goutte d'eau ? qu'est-ce que l'Océan ?

— Maintenant, prenez cette goutte d'eau dans vos mains, dit la grand-mère.

Ce que vous faites, sans réfléchir.

— Regardez-la de plus près. Que percevez-vous, demande alors la Femme.

— Mon reflet.

— En effet, dit l'Homme. Vous aussi, vous n'êtes qu'une goutte d'eau sur l'Océan de l'Amour. Les gardiens du feu vous poseront les énigmes suivantes :

— « Qui êtes-vous ? » commence la Fille.

— « Quel est le sens de la Vie ? » complète sa mère.

— « Qu'est-ce que la Vérité ? » conclut le Garçon.

— Mais quel est le lien de tout cela avec ma quête amoureuse ? interrogez-vous.

— Votre cheminement sur Trifulos a dû vous éclaircir ce point, dit le Vieux. Si ce n'est pas le cas, la suite de votre aventure devra vous apporter quelque lumière à ce sujet.

— Si vous préférez, dit la Femme, l'Amour est au centre d'un triangle formé par les trois questions précédentes.

— Et que dois-je répondre ?

— Voilà des milliers d'années que les humains se querellent à ce propos. Et cette éternelle controverse n'est pas près de s'éteindre... dit l'Homme énigmatique.

— Rappelez-vous qu'ici, sur nos terres, il n'y a pas de bonne ou mauvaise réponse, dit la Vieille.

— Il n'y a que vos réponses, dit son mari.

La mystérieuse plante aux six visages se transforme alors en six grosses gouttes d'eau suspendues en l'air.

— C'est ici que nos routes se séparent, dit l'une.

— À présent, il vous faudra continuer seul votre chemin, ajoute une autre.

— Si à l'avenir, vous êtes dans l'indécision... suggère une troisième.

— Invoquez trois fois le nom de « Yasara »...

— ...et vous entendrez une voix intérieure qui vous donnera son avis sur la question.

— Mais attention ! met en garde une dernière. N'oubliez pas qu'il ne s'agira en aucun cas de la Vérité...

— Juste une impression...

— Rien qu'une face...

— Une goutte d'eau dans l'océan ! clament six voix à l'unisson.

À ces ultimes paroles, les six gouttes d'eau tombent

et disparaissent dans le sol. Vous regardez tout de suite votre paume gauche, mais elle ne comporte plus de tatouage de trèfle à six feuilles. Comme il vous a été dit, vous devrez désormais vous fier à votre boussole intérieure. D'autant que vous avez oublié de demander à votre Maître à six faces dans quel tunnel se trouvait chacun des monstres…

*Dès lors, quelle décision allez-vous prendre ?*

> *Vous empruntez le tunnel bleu et vous vous retrouvez en <22> (p. 184).*

> *Vous optez plutôt pour le rouge et allez en <23> (p. 188).*

> *Vous préférez au bout du compte le vert et filez en <24> (p. 193).*

# *le Tunnel Bleu*

Vous êtes engagé dans ce tunnel qui, après quelques pas, prend une coloration bleue. Vous cherchez d'où peut venir ce phénomène, mais vous ne remarquez rien de spécial. De la terre, de l'eau qui suinte à travers la roche, la flamme de votre torche. Est-ce l'eau qui lui donne cette teinte particulière ? Mystère… Vous continuez ainsi un instant avant d'aboutir à une nouvelle galerie. Après un tour d'horizon rapide, vous constatez qu'elle est vide, sans tunnel ou objet d'aucune sorte, cette fois-ci, à l'exception d'un coffret en bois, posé à même le sol. Vous vous approchez et l'ouvrez. Il ne contient que de l'eau. Cette dernière se met alors à bouger jusqu'à former un minuscule tourbillon. Puis elle déborde du coffre et se répand inexorablement ; toujours en tournant. Vous pensez que cette manifestation va s'arrêter sous peu, mais, c'est tout le contraire qui se produit. L'eau couvre désormais l'étendue de la grotte. Le niveau monte d'un coup, et vous vous retrouvez alors au centre de cette tornade aquatique qui atteint désormais quelque trois mètres de hauteur. Aussi extraordinaire que cela puisse paraître, vous semblez à l'abri au cœur de ce maelström, comme dans l'œil d'un cyclone. Une voix sourde et lointaine se fait entendre.

— Bonjour, je suis « celle qui aspire ». Charybde, si vous préférez. La gardienne du Feu de la Vie.

— Je...

— Quel rapport entre la Vie et l'Amour ? Entre l'Amour de la Vie et la Vie de l'Amour ? Vous êtes justement là pour ça. La façon dont vous aimez la vie qui brûle en vous, déterminera sans nul doute comment vous aimerez votre futur partenaire. Tout comme, le sens donné à la vie colorera le sens de l'amour.

— Et que dois-je faire, alors ? interrogez-vous dans l'expectative.

— Répondre à une question. Une toute petite question. Mais auparavant, observez attentivement ce qui va se passer.

Et à peine la voix s'est-elle tue, l'eau se creuse en six endroits à la périphérie du cyclone aquatique ; six tourbillons dans lesquels vous voyez apparaître des formes vivantes qui, comme vous, se maintiennent à l'intérieur de leur trou d'eau, sans en être particulièrement affectées. Un éléphant ; une rose ; un scorpion ; puis trois êtres humains à l'allure des plus énigmatiques : l'un portant des lunettes noires ; le deuxième habillé en empereur romain ; quant au troisième, vous ne lui trouvez aucun signe distinctif.

— Il s'agit d'un aveugle sourd-muet, d'un fou et d'un tortionnaire d'enfants, intervient Charybde. C'est vrai que cela ne se voit pas forcément sur leur visage. Quoique... J'ai choisi trois hommes, par commodité, mais trois femmes auraient aussi bien convenu.

— Un fou, vous étonnez-vous ?

— Un pauvre homme qui se prend pour Jules

César.

— Et...

— Qu'est-ce que tout cela signifie ? coupe-t-elle. Et bien c'est juste une introduction avant d'entrer au cœur du sujet. Essayez de vous mettre à la place des six créatures, et demandez-vous quel est le sens de leur vie.

— Ce n'est pas facile... dites-vous après un temps.

— Je sais. Essayez juste ; pour voir.

La voix s'éteint, vous laissant face à ces formes tournoyant devant vos yeux, comme dans un insolite musée holographique. Vous vous imaginez dans la peau d'un éléphant, d'une rose, d'un scorpion... plus délicat pour les suivants... Pas évident du tout !... À votre grand soulagement, Charybde vient à votre rescousse en reprenant la parole, faisant disparaître au passage les images tridimensionnelles.

— Revenons à vous, si vous n'y voyez pas d'inconvénient. Mes six tourbillons vont vous proposer chacun une réponse possible. À vous de choisir celle qui vous convient le mieux, aujourd'hui. Alors si je vous dis « quel est le sens de la vie ? » que serez-vous tenté de répondre :

. « L'Amour » ?

. « La Vie » ?

. « Dieu, la Vérité, l'Absolu... » ou quelque chose de similaire ?

. « Moi » ?

. « La vie n'a pas de sens » ?

. « Cette question n'a pas de sens » ?

Quelle que soit votre réponse, vous serez aspiré par

un des tourbillons qui se transformera peu à peu en boyau de chair avant de devenir un tube de bois dans lequel vous ramperez jusqu'à discerner bientôt un rai de lumière.

> *Si vous avez répondu « L'Amour », vous sortez du trou en <26> (p. 211).*

> *Si vous avez répondu « La Vie », vous sortez du trou en <25> (p. 199).*

> *Si vous avez répondu « Dieu, la Vérité, l'Absolu… » ou quelque chose de similaire, vous sortez du trou en <27> (p. 205).*

> *Si vous avez répondu « La vie n'a pas de sens », vous sortez du trou en <25> (p. 199).*

> *Si vous avez répondu « Cette question n'a pas de sens », vous sortez du trou en <27> (p. 205).*

> *Si vous avez répondu « Moi », vous sortez du trou en <26> (p. 211).*

> *Si vous avez répondu autre chose que les six réponses proposées, vous êtes aspiré par le tourbillon central qui vous recrache en <25> (p. 199).*

> *Si vous avez préféré choisir de ne pas choisir, en gardant le silence, vous êtes absorbé par le tourbillon et vous réémergez en <27> (p. 205).*

# *le Tunnel Rouge*

Vous empruntez ce tunnel qui, après quelques mè-tres, se colore tout de rouge. Vous cherchez d'où peut venir cette singularité, mais vous ne trouvez rien de spécial. De la terre, de l'eau qui suinte à travers la roche, la flamme de votre torche. Est-ce la pierre qui donne cette teinte particulière ? Mystère… Vous progressez ainsi un moment, avant d'aboutir à une nouvelle gale-rie. Après un tour d'horizon rapide vous remarquez que cette dernière est vide, sans tunnel ou objet d'aucune sorte, cette fois-ci, à l'exception d'un coffret métalli-que, posé au centre de la pièce. Vous vous approchez et l'ouvrez. À l'intérieur, un œuf dont la coquille craquelle, laissant s'échapper un oiselet au plumage rougeâtre. Il virevolte quelques instants avant de se poser à vos pieds. Cet extraordinaire animal hybride a désormais une tête et des ailes d'oiseau, un buste d'humain et une queue de poisson. La drôle de créature se met alors à jouer une musique ensorceleuse à l'aide d'une minuscule flûte en bois. Vous éprouvez l'envie de vous boucher les oreilles, mais vous êtes sous le charme. L'effet ne tarde pas à se manifester. Le drôle d'oiseau grossit à vue d'œil jusqu'à vous dépasser d'un bon mètre. La grotte ayant grandi dans des proportions équivalentes, vous vous demandez si ce n'est pas plutôt vous qui avez rétréci. Quoi qu'il en soit, la flûte est à présent d'une taille telle que vous pourriez tomber par mégarde dans l'un de ses six trous.

— Bonjour. Je suis « celle qui attire », dit votre hôte.
— Vous êtes...
— Molpé. La sirène du Feu de l'Amour. Votre désir le plus cher est d'embarquer vers les Îles de l'Amour, je crois ?
— En effet.
— Alors vous entamez cette dernière étape où vous devrez élucider l'expression « je t'aime », que vous avez sûrement entendue ou prononcée maintes fois. À votre avis, quel est le terme le plus important de cette phrase immortelle : je ? tu ? aimer ?
— « Aimer », proposez-vous après un moment de réflexion.
— C'est la réponse la plus évidente... mais ce n'est pas du tout celle-là que j'attends. Donc, il ne vous reste plus que deux options : je ou tu ?
— Je ne sais plus trop...
— Justement. Si votre « je » ne sait pas, alors c'est par là qu'il faut commencer. Car, qui est ce « je » qui aime ou qui n'aime pas ? Et si vous ne le savez pas, comment pourrez-vous connaître votre futur partenaire ? Selon votre réponse à cette question, votre odyssée amoureuse s'en ressentira.
— Quelle question ?
— « Qui suis-je ? » Ou pour être plus exact : « Qui est je ? »
— Et cela m'aidera dans ma quête ?

— Derrière l'amour se profile cette interrogation à laquelle je vous convie maintenant. Mais, tout d'abord, je vais entonner un petit couplet, histoire de vous mettre dans l'ambiance. N'essayez pas de comprendre les mots qui vont suivre ; laissez-vous bercer plutôt par la mélodie. Vous pouvez aussi fermer les yeux, si cela vous aide… Prêt ?

Vous acquiescez d'un simple signe de tête.

— « Parfois vous êtes éveillé, parfois vous êtes endormi. Parfois vous êtes seul, parfois vous êtes accompagné. Parfois vous êtes ici, parfois vous êtes ailleurs, parfois vous êtes entre les deux. Parfois vous êtes à l'aise, parfois vous êtes mal à l'aise. Parfois vous êtes en forme, parfois vous êtes fatigué. Parfois vous êtes proche du but, parfois vous êtes loin du but. Parfois vous êtes optimiste, parfois vous êtes pessimiste, parfois vous êtes ni l'un ni l'autre. Parfois vous êtes la tête dans les nuages, parfois vous êtes les pieds sur terre. Parfois vous êtes dans le doute, parfois vous êtes sûr de vous. Parfois vous êtes jeune, parfois vous êtes mature, parfois vous êtes vieux. Parfois vous êtes assis, parfois vous êtes couché, parfois vous êtes debout. Parfois vous êtes en bonne santé, parfois vous êtes malade. Parfois vous êtes d'humeur joyeuse, parfois vous êtes plutôt triste. Parfois vous êtes calme, parfois vous êtes en colère. Parfois vous êtes au passé, parfois vous êtes présent, parfois vous êtes dans l'avenir. Parfois vous êtes ceci, parfois vous êtes cela… »

— Alors, au fond, qu'est-ce que vous êtes ? conclut la sirène après un léger silence.

— Cela demande réflexion…

— Vous n'avez pas besoin d'y consacrer trop de

temps, car vous devrez sélectionner une des six réponses de ma flûte.

— Je suis obligé de choisir entre celles-là ?

— Faites comme vous l'entendez. Moi, je vous suggère les propositions qui suivent. Alors, si vous vous posez la question « qui suis-je ? » que serez-vous tenté de répondre ?

Mais au lieu de paroles, ce sont des airs musicaux qui parviennent à vos oreilles. Vous distinguez ainsi : le sifflement d'un oiseau ; une musique de violons ; une voix d'opéra ; une chanson d'amour ; un rythme de tambours ; et, pour finir, le bruit du vent dans les arbres.

Quelle que soit votre réponse, vous serez enivré par le son de cette flûte qui regrossira. Elle deviendra si énorme que vous tomberez inexorablement dans l'un des six trous. Vous vous retrouverez, dès lors, à ramper dans cet interminable tube de bois jusqu'à discerner bientôt un rai de lumière.

> *Si vous avez choisi le vent dans les arbres, vous sortez du trou en <27> (p. 205).*

> *Si vous avez choisi le sifflement de l'oiseau, vous sortez du trou en <25> (p. 199).*

> *Si vous avez choisi la musique de violons, vous sortez du trou en <26> (p. 211).*

> *Si vous avez choisi la voix d'opéra, vous sortez du trou en <27> (p. 205).*

> > >

> *Si vous avez choisi la chanson d'amour, vous sortez du trou en <26> (p. 211).*

> *Si vous avez choisi le rythme des tambours, vous sortez du trou en <25> (p. 199).*

> *Si pour toute réponse vous vous êtes mis à siffloter un air que vous aviez en tête, vous sortez du trou en <25> (p. 199).*

> *Si vous avez préféré choisir de ne pas choisir, en gardant le silence, vous sortez du trou en <27> (p. 205).*

# 🙠 24 🙢

## *le Tunnel Vert*

Vous avancez dans ce tunnel qui vient de se colorer en vert. Vous cherchez une explication à ce phénomène, mais vous ne trouvez rien. De la terre, de l'eau qui suinte à travers la roche, la flamme de votre torche. Seraient-ce les reflets de l'eau sur la pierre qui lui donnent cette coloration particulière ? Mystère… Vous aboutissez à une nouvelle galerie. Après un tour d'horizon rapide, vous remarquez que cette dernière est vide, sans tunnel ni objet d'aucune sorte, cette fois-ci, à l'exception d'un coffret en verre fumé, posé au centre de la pièce. Vous vous approchez et l'ouvrez. À l'intérieur, vous voyez un minuscule chiot qui jappe et s'échappe hors de sa drôle de niche. Surpris, vous n'avez pas vu où il a filé. En inspectant la grotte, vous distinguez des aboiements qui vont en s'amplifiant. Est-ce l'effet de l'écho ? On dirait une meute d'une dizaine de chiens. Puis, le silence. Un silence accompagné d'une présence menaçante et d'un souffle rauque dans votre dos. Prenant votre courage à deux mains, vous vous retournez pour découvrir un molosse de trois mètres de haut !

— Bonjour, éructe ce dernier de sa gueule dégoulinant de bave verdâtre. Je suis « celui qui vomit ». Scylla, si vous préférez. Le gardien du Feu de la Vérité.

— Je…

— Vous vous demandez quel est mon rôle dans cette histoire ?… Et bien entre la Vérité et l'Amour il y a plus de liens que vous ne l'imaginez. Vous pourriez, ainsi, être attiré vers l'autre par amour de la vérité, à moins que vous ne cherchiez à connaître la vérité sur l'amour… Mais puisque vous êtes ici, vous devrez répondre, de toute manière, à la question que je vais vous poser ; si vous voulez avoir une chance de continuer votre voyage.

— Je ne peux pas revenir en arrière et prendre un autre tunnel ?

— À votre guise… Mais je doute fort que vous arriviez à sortir d'ici.

Face à la conviction du cerbère, vous ne prenez pas la peine d'essayer. Et vous avez raison, car le tunnel vert par lequel vous êtes arrivé a disparu. Vous devez donc affronter la bête…

— À quelle question dois-je répondre ? interrogez-vous.

— Oh… Elle est toute simple. Mais, en premier lieu, j'aimerais vous proposer un simple exercice, pour vous mettre en condition.

— Un exercice ?

— Juste un jeu que nous pratiquons régulièrement, nous les chiens.

— Et c'est quoi ?

— Prenez le morceau de bois, derrière vous, et jetez-le au loin.

Vous vous retournez pour constater qu'un bâton, de quelques centimètres d'épaisseur et aussi large que vos épaules, gît au sol. Vous auriez pourtant juré qu'il n'y avait rien, là, auparavant. Mais l'heure n'étant pas aux questions de détail, vous le saisissez et le lancez devant vous. Sans surprise, le molosse se jette à sa poursuite, le prend dans sa gueule et le ramène à vos pieds.

— Vous connaissez, j'imagine ? dit-il.

— Oui. Et… il faut que je recommence ?

— C'était juste pour vous montrer. À présent, c'est mon tour. Je jette le bâton de la vérité, et vous tentez de l'attraper avec vos dents.

— Mes dents !?

— Avec vos mains, ce serait évidemment trop facile. Et d'ailleurs, pour l'intérêt du jeu, je vais devoir les attacher dans votre dos.

— Mais à quoi tout cela me servira-t-il ? dites-vous, essayant de masquer l'angoisse qui vous étreint.

— N'ayez pas peur. Vous n'avez rien à craindre… Si j'avais voulu, dès votre arrivée, je n'aurais fait qu'une bouchée de votre personne…

Cette simple perspective, que vous n'aviez guère envisagée, vous glace le dos. D'un autre côté, ce Scylla, bien qu'impressionnant, n'a pas l'air si dangereux. Du moins, vous l'espérez…

— Et la torche ? demandez-vous, tentant de gagner du temps.

— Ne vous inquiétez pas, je m'en occupe. Je vous la rendrai quand nous en aurons terminé.

Comme vous n'avez guère le choix, vous décidez de jouer le jeu. Une fois vos mains attachées, le cerbère envoie le bâton et vous allez le récupérer sans attendre. Après quelques tentatives infructueuses, vous parvenez à le prendre entre vos dents. Victorieux, vous vous dirigez alors vers votre singulier maître. Mais, contre toute attente, ce dernier se rue sur vous, saisit un bout du bâton dans sa gueule et vous soulève de terre. Vous restez agrippé à l'autre bout ; vous n'avez pas eu la présence d'esprit de lâcher le morceau de bois. Tout cela est allé tellement vite… Vous gardez à présent la bouche bien fermée, pour ne pas vous briser les os.

— Nous allons enfin pouvoir passer aux choses sérieuses… grogne Scylla.

Qui a parlé ? Ce chien est ventriloque, maintenant ? Non. Heureusement pour vous, d'ailleurs… Vous découvrez très vite qu'il s'agit du même molosse, mais il possède six têtes au lieu d'une, à présent !

— Alors, dit l'une d'elles, voici la question à laquelle vous devez répondre…

— …sous peine d'être avalé par l'une d'entre nous, ajoute une autre.

— Qu'est-ce que la Vérité ? interrogent alors cinq gueules de concert, la sixième vous tenant toujours entre ses dents.

Vous êtes fort embarrassé. Les idées ne manquent pas ; ce serait même plutôt le contraire. Mais parler provoquerait votre chute ; et si vous ne dites rien vous vous attendez au pire… Vous constatez alors qu'il vous est très difficile de répondre sans émettre un son. La Vérité existait-elle avant l'apparition du langage ? Et dès lors, comment la dire sans prononcer une seule parole ?… Voilà un aspect du problème que vous n'aviez guère envisagé, jusqu'ici. Pour vous, ce n'est pas un simple jeu d'esprit, mais une question de vie ou de mort, voilà le dilemme… Après un long moment, trop long,

Charybde vous pose à terre, vous délie les mains et vous restitue la torche. Ouf ! Ce n'était en effet qu'un exercice.

— Voilà, reprend le cerbère hexacéphale. Vous pouvez ôter le bâton de la bouche, désormais. Ne m'en veuillez pas pour cette petite introduction destinée à planter le décor de ce qui va suivre. Car, l'épreuve à traverser pour prolonger votre odyssée est plus élémentaire. À première vue… Pour rester dans l'esprit, essayez de ne pas ouvrir la bouche pour répondre. Cela vous convient ?

— Je veux bien essayer, dites-vous après avoir repris vos esprits. Et de quoi s'agit-il ?

— Une question anodine, mais qui revient grosso modo à vous demander ce qu'est l'amour ou la vérité. « Qu'est-ce que c'est ? » vous dit alors le molosse en désignant le bâton que vous avez à la main.

Vous pensez tout de suite au mot « bâton », mais vous vous souvenez juste à temps de la consigne. Après avoir tourné le problème en tous sens, vous retenez six alternatives, entre lesquelles vous devrez choisir. Quelle que soit votre décision, vous serez dévoré par l'une des six gueules de Scylla. Vous vous retrouverez, dès lors, dans un boyau de chair qui se changera peu à peu en un tube de bois dans lequel vous ramperez jusqu'à discerner bientôt un rai de lumière.

> *Si vous avez utilisé le morceau de bois pour écrire « un bâton » dans la poussière du sol, vous sortez du trou en <27> (p. 205).*

> > >

> *Si vous avez tapé avec le bâton sur un des murs de la galerie pour produire un bruit quelconque, vous sortez du trou en <26> (p. 211).*

> *Si vous avez cassé le bâton en deux avec vos mains, vous sortez du trou en <25> (p. 199).*

> *Si vous avez jeté le bâton au loin et l'avez ramené entre vos dents, comme un chien, vous sortez du trou en <26> (p. 211).*

> *Si vous avez cogné une des têtes du chien avec le bâton, vous sortez du trou en <25> (p. 199).*

> *Si vous avez mis le feu au bout de bois, vous sortez du trou en <27> (p. 205).*

> *Si vous n'avez pas pu vous empêcher d'ouvrir la bouche pour dire « un bâton », vous sortez du trou en <25> (p. 199).*

> *Si vous avez préféré choisir de ne pas choisir en restant immobile et silencieux, vous êtes avalé par une des six gueules, et vous sortez du trou en <27> (p. 205).*

# le Filet sans Trous

Vous apercevez le bout du tunnel. Après un dernier effort, vous émergez sur un escalier qui ne vous est pas inconnu. Vous êtes, en effet, dans l'arbre de votre arrivée, et, quelques marches plus tard, vous atterrissez, sans surprise, dans le Jardin où a débuté votre étonnante aventure. Le décor n'a pas changé. Vous scrutez le paysage : personne. La porte noire et la porte blanche sont fermées. Seule nouveauté : vous avez désormais un tatouage de trèfle noir à la paume droite. Long silence… Des cris d'animaux vous tirent de vos pensées. On dirait deux enfants qui se chamaillent. Sans peine, vous reconnaissez les piaillements d'un oiseau et les sifflements d'un serpent. Vous contournez l'arbre et tombez sur les deux éternels frères ennemis, Naga et Anzu, le serpent et l'aigle, toujours en train de se quereller ou de jouer, vous ne savez plus trop. À votre vue, les deux compères arrêtent leur manège et vous découvrez que le majestueux cobra noir, Naga, tient dans sa gueule l'oisillon… dont il ne fait qu'une bouchée, sous vos yeux effarés.

— Tiens, vous voilà de retour, dit ce dernier après avoir gobé une dernière plume qui dépassait.

— Vous l'avez… mangé ?

— Il ne l'a pas volé !… Mais nous ne sommes pas là pour parler de ce regretté Anzu. Yasara ait son âme ! Puisque vous êtes revenu dans ce Jardin avec mon tatouage, vous avez choisi de franchir cette porte ultime. La noire, bien sûr.

— Je…

— Que trouverez-vous de l'autre côté ? Vous n'en avez jamais été aussi proche, et pourtant vous hésitez.

— Pas exactement…

— Mais si, coupe-t-il. Forcément. Tout le monde éprouve un doute similaire. Rendez-vous compte. L'Immortalité ! Ce n'est pas un amour de pacotille que je vous propose là, ni une sérénité vaporeuse à la manière d'Anzu. Non. L'Amour avec un grand A. Le vrai. L'absolu. La Quintessence de toutes choses ! Cette force indestructible et immortelle qui est le moteur même de la Vie. Le Graal des vrais Héros de tous les temps !… Tout cela, et bien plus, vous l'obtiendrez derrière cette porte noire dont je suis le gardien.

— L'avez-vous déjà ouverte, vous ? tentez-vous en digression.

— D'où croyez-vous que je tienne mes pouvoirs et mon immortalité ?

— Comment dois-je faire, alors ?

— Il suffit de faire comme pour la grise : vous posez votre main contre, pour faire coïncider les deux figures de trèfle noir, et les portes du Paradis s'ouvriront devant vous ; pour l'Éternité !

Évidemment ! Vous auriez dû y penser tout seul…
Vous vous approchez alors de la porte, rempli d'ap-

préhension. Vous regardez avec insistance votre hôte qui reste silencieux. Il sait qu'il n'y a plus rien à dire. Vous êtes désormais face à votre destin. Vous devez prendre une décision… Vous levez la main…

— Attendez !…

Qui a parlé ? Vous vous retournez pour découvrir le Pêcheur de l'Auberge, qui vous a déjà sauvé la vie.

— Attendez, reprend ce dernier, juste un instant avant de l'ouvrir.

— Ne te mêle pas de cela, marin d'eau douce ! lance le serpent.

— Tu ne me fais pas peur, Naga. Je ne me laisserai pas manipuler, comme ce pauvre Anzu. Et puis, tu sais parfaitement que tu ne peux rien contre moi. Je veux juste discuter avec notre invité.

— Tu perds ton temps. Il a déjà pris sa décision, et tu ne le feras pas changer d'avis.

— Ce n'est pas du tout mon intention.

— Ben alors, tu veux quoi ? Tu n'as pas d'autre poisson à pêcher dans les parages ?

— Ne t'inquiète pas pour moi, Naga.

— Moi, je veux bien écouter ce qu'il a à me dire, intervenez-vous enfin, après avoir éloigné la main de la porte.

— Seul à seul, si vous n'y voyez pas d'inconvénient, dit le Pêcheur.

— Mais qu'est-ce que tu mijotes, toi ? dit le reptile.

— Allons, Naga. Je croyais que tu étais sûr que je ne pourrais pas le convaincre ? Dans ce cas, tu n'as rien à craindre. À moins que tu aies peur de moi, maintenant ?…

— Peur, moi ?! « Naga le Noir » n'a jamais peur de

rien ; ni de personne ! Encore moins d'un pirate à la manque, comme toi.

— Je n'ai pas de doute là-dessus. Tu peux donc nous laisser sans crainte, quelques minutes. Tu verras, ce ne sera pas long…

— Hum… Soit. Je t'accorde trois minutes, pas une seconde de plus. Mais attention, hein ! Pas d'entourloupe !

— T'inquiète…

Sur ce, le Pêcheur vous entraîne à l'écart de la porte noire, sous le regard suspicieux du cobra.

— Vous vous demandez pourquoi je suis venu ici, n'est-ce pas ? C'est pour vous mettre en garde.

— Contre quoi ?

— Ce monde que Naga vous a vanté derrière cette porte.

— Ce monde-là n'existe pas ?

— Si. Mais là n'est pas la question. Ou plutôt, c'est justement là qu'est le problème.

— Alors quoi ?

— Le plus simple est que je vous parle de mon métier ; vous comprendrez mieux le pourquoi de ma présence.

— Votre travail de pêcheur ?

— Cela même. Je ne sais pas si vous vous rappelez — c'est vrai que vous étiez à moitié évanoui — mais je vous ai récupéré en mer avec mon filet de pêche, qui me sert aussi à attraper les poissons pour nourrir la maisonnée.

— J'ai quelques vagues souvenirs. Je n'avais qu'une peur : passer à travers les mailles du filet et mourir au fond de l'eau, oublié du reste du monde.

— Vous ne croyez pas si bien dire... Peut-être avez-vous déjà remarqué qu'un bon filet doit être constitué de mailles qui retiennent le poisson, mais aussi de trous entre les mailles pour au moins laisser passer l'eau. Si j'avais essayé de vous repêcher avec un filet sans trous, j'aurais dû remonter l'océan avec vous, ce qui aurait été totalement inefficace, vous imaginez bien.

— Et où voulez-vous en venir ? demandez-vous.

— Ce monde-ci est un filet troué qui laisse passer certaines choses et en retient d'autres. Le monde de « Naga le Noir » n'est qu'un immense filet sans trous. Il retient tout. Retenant tout, il n'attrape rien. C'est comme écrire votre nom à l'encre noire sur une feuille de même couleur... Voilà. C'est tout ce que j'avais à dire, conclut le Pêcheur. Désormais, c'est à vous de voir...

— Et si je décide, au bout du compte, de ne pas emprunter cette porte ?

— Je vous indiquerais alors comment quitter ce Jardin pour poursuivre votre aventure.

— Ça y est ! Les trois minutes sont finies, dit le serpent qui s'est interposé sans crier gare.

*Quel est votre choix ?*

> *Vous vous fiez au serpent et vous vous dirigez vers sa porte que vous ouvrez sans difficulté en faisant coïncider les deux trèfles noirs : vous vous retrouvez alors en <8> (p. 59).*

> *Vous suivez l'avis du Pêcheur et préférez continuer page suivante.*

— Après réflexion, dites-vous, je préfère ne pas ouvrir cette porte noire. Du moins pour l'instant...

À ces mots, le Pêcheur arbore un sourire de satisfaction et se transforme en aigle blanc, observant la mine déconfite de son éternel acolyte.

— Tu m'as encore eu cette fois-ci, Anzu, mais tu ne perds rien pour attendre !... lance le serpent.

— Allez, sois bon joueur, Naga. Tu ne peux pas gagner à tous les coups, quand même ! Tu t'ennuierais...

— Soit, mais à moi la revanche, maintenant.

— Tout de suite ? demande l'aigle.

— Tout de suite !

Vos deux compagnons d'infortune vous laissent alors sur place, sans plus se soucier de votre sort, et s'en retournent derrière l'arbre où vous les aviez surpris à se bagarrer. C'est reparti pour un tour !...

> *Comme vous avez besoin d'eux pour quitter ce Jardin, vous allez les rejoindre en <26.a> (p. 214).*

# le Bol Plein

Vous entrevoyez la sortie. Après un ultime effort, vous émergez au pied d'un escalier qui ne vous est pas étranger. Vous êtes effectivement dans l'arbre de votre arrivée. Quelques marches plus tard, vous atterrissez dans le Jardin où tout a débuté. Le décor est strictement identique. Vous effectuez un tour d'horizon : personne. La porte noire et la porte blanche sont fermées. Seule nouveauté : un trèfle blanc est à présent tatoué sur votre paume droite. Long silence… Des cris d'animaux vous tirent de vos pensées. On dirait deux garnements qui se disputent. Sans peine, vous reconnaissez les piaillements d'un oiseau et les sifflements d'un serpent. Vous contournez l'arbre et, sans réelle surprise, découvrez les deux éternels frères ennemis, Anzu et Naga, l'aigle et le serpent, toujours en train de se quereller ou de jouer, vous ne savez plus trop. Vous constatez que l'aigle tient fermement entre ses serres la chétive couleuvre qui paraît bien mal-en-point. Le rapace la picore alors du bec et n'en fait qu'une bouchée.

— Vous… vous l'avez mangé ?
— Ce n'est pas une grosse perte. Ce maudit serpent commençait sérieusement à m'empoisonner la vie !…

Mais au diable Naga, puisque votre tatouage montre que vous êtes revenu pour emprunter la dernière porte blanche.

— Mais, je…

— Je comprends. Vous êtes ému de vous trouver si près du but. Que dis-je du but, de cette Lumière qu'ont cherché les humains depuis la nuit des temps !… Croyez-moi, bien peu sont arrivés où vous en êtes aujourd'hui. Qu'y a-t-il de l'autre côté ?…

— Mais…

— L'Amour majuscule. Mais surtout, les réponses à toutes vos questions. Ou pour être exact : LA réponse à toutes les questions.

— Toutes ?

— Toutes. Même celles que vous ne vous posez pas encore ; même celles qu'aucun être n'a imaginées… Si vous l'ouvrez, vous aurez accès au Graal de la Connaissance.

— Et vous ? Vous l'avez ouverte ?

— Sans quoi je serais déjà mort et je n'aurais pas le pouvoir d'exécuter ces tours de passe-passe dont je ne vous ai donné qu'un infime aperçu.

— Comment dois-je faire, alors ?

— Comme pour la porte grise, vous posez votre main contre, pour faire coïncider les deux figures de trèfle blanc, et les portes du Paradis s'ouvriront devant vous ; pour l'Éternité !

Évidemment ! Vous auriez dû y penser tout seul…

Vous hésitez, mais votre hôte vous a presque convaincu. Et puis, vous ne pouvez pas reculer si près du but. Alors, après une longue inspiration, vous levez la main…

— Attendez !…

Vous vous retournez et découvrez la vieille Aubergiste qui vous a soigné et nourri durant votre convalescence à l'Auberge des Naufragés.

— Attendez, dit-elle ; prenez un instant pour m'écouter avant de franchir le dernier pas.

— Laisse tomber, la vieille ! menace l'aigle.

— Ne te fatigue pas, Anzu, tes intimidations ne me font pas peur. Je ne suis pas Naga, moi… Et puis, tu sais très bien que tu ne peux rien contre moi.

— Tu veux lui dire quoi, d'abord ?

— C'est mon affaire.

— C'est la mienne avant tout ! Et tu n'as pas d'autre endroit où traîner tes chaussons délabrés ?

— Non. J'ai juste un petit truc à dire à notre hôte. Seul à seul.

— Et puis quoi encore ?!… Tu veux peut-être aussi que je t'apporte à boire, pendant que t'y es !?

— Si tu me le proposes si gentiment, ce n'est pas de refus. Et vous, vous désirez quoi ? ironise l'Aubergiste en vous prenant à partie.

— Moi ?… De l'eau, répondez-vous pris au dépourvu.

— Pareil pour moi, renchérit la vieille. Tu vois, Anzu, tu as de la chance : on ne te demande rien d'impossible.

— Il n'y a rien d'impossible, pour « Anzu le Blanc » ! maugrée ce dernier.

— Alors, prouve-le, en nous laissant quelques minutes. Promis : on ne dira pas de mal de toi…

— Trois minutes. Pas plus.

— C'est plus qu'il ne m'en faut.

— D'accord ; mais attention, hein ! Je t'ai à l'œil !

— N'aie crainte…


Sur ce, le volatile s'élève dans les airs et disparaît après avoir tournoyé de manière menaçante au-dessus de la tête de l'Aubergiste. Cette dernière vous entraîne alors à l'écart de la porte blanche.

— Nous allons enfin pouvoir parler tranquilles, déclare-t-elle.

— Que vouliez-vous me dire ?

— J'étais venue vous mettre en garde.

— Contre l'aigle ?

— Non. Contre le monde qu'il vous fait miroiter derrière cette porte.

— Ce qu'il dit n'est pas vrai ?

— Si. Mais là n'est pas la question. Ou plutôt, c'est là qu'est tout le problème.

— Alors quoi ? dites-vous.

— Je ne sais pas si vous vous souvenez de ma soupe aux trèfles ?

— Elle était fameuse. Mais, quel rapport avec cette porte blanche ?

— Vous allez comprendre très vite. Vous vous rappelez sûrement que je vous l'avais servie dans un bol ?

— Oui. Mais je vous avouerai que mes souvenirs concernant ce dernier sont plutôt vagues. À part qu'il était en terre cuite, je crois.

— Exact. Mais il était aussi troué.

— Troué ? vous étonnez-vous. Je n'avais pas repéré ce détail.

— Forcément, puisque ce trou central était rempli

de soupe. Remarquez, d'ailleurs, que si ce bol n'avait été constitué que de terre, sans trou d'aucune sorte, j'aurais eu beaucoup de mal à y verser de la soupe ou quoi que ce soit d'autre. Dès lors, je me demande comment j'aurais fait pour vous aider à vous rétablir...

— Où voulez-vous en venir ? interrogez-vous de plus en plus perplexe.

— À ceci : le monde proposé par « Anzu le blanc », n'est rien d'autre qu'un monumental bol parfait ; sans trou. C'est comme écrire votre nom à l'encre blanche sur une feuille de même couleur... Voilà. C'est tout ce que je voulais vous dire, conclut l'Aubergiste. Désormais, la suite vous appartient.

— Et si je décide, après réflexion, de ne pas emprunter cette porte ?

— Alors, je vous indiquerais le moyen de quitter ce Jardin pour poursuivre votre aventure.

— Ça y est ! Les trois minutes sont finies, dit l'aigle qui s'est interposé sans crier gare, après vous avoir arrosés, tous deux, de quelques gouttes d'eau.

*Quel est votre choix ?*

> *Vous suivez l'avis de l'aigle et vous vous dirigez vers sa porte que vous ouvrez sans difficulté en faisant coïncider les deux trèfles blancs : vous vous retrouvez alors en <9> (p. 60).*

> *Vous faites confiance à l'Aubergiste et préférez continuer page suivante.*

— Après mûre réflexion, déclarez-vous, je préfère ne pas ouvrir cette porte blanche. Pour l'instant en tout cas...

À ces mots, la femme du Pêcheur montre un sourire de satisfaction avant de se transformer en serpent noir, devant la mine déconfite de son éternel acolyte.

— Tu m'as encore eu, cette fois-ci, Naga, mais tu ne perds rien pour attendre ! lance l'aigle.

— Allez, sois bon joueur, Anzu. Tu ne peux pas gagner à tous les coups, quand même ! Tu t'ennuierais...

— D'accord mais à moi la revanche, maintenant.

— Tout de suite ? demande le serpent.

— Tout de suite !

Vos deux compagnons d'infortune vous laissent alors sur place, sans se soucier de votre sort. Puis, ils s'en retournent derrière l'arbre où vous les aviez surpris à se bagarrer. C'est reparti pour un tour !...

> *Comme vous avez besoin d'eux pour quitter ce Jardin, vous allez les retrouver en <26.a> (p. 214).*

# *Fin de Partie*

Vous apercevez le bout du tunnel. Après un dernier effort surhumain, vous émergez sur un escalier qui ne vous est pas inconnu. Vous êtes en effet dans l'arbre de votre arrivée, et, quelques marches plus tard, vous atterrissez dans le Jardin où a débuté votre étonnante aventure. Le décor est à l'identique. Très vite, vous entendez trois voix qui discutent de l'autre côté de l'arbre. Vous vous approchez et restez caché un moment derrière le tronc, pour assister à une scène des plus improbables : Naga le serpent et Anzu l'aigle débattent âprement pendant que le scarabée transcrit leur échange sur des feuilles de trèfle.

— Tu as bien noté, Skep, que je n'étais pas du tout de l'avis de Naga ? dit l'aigle au scarabée.

— Mais oui ! J'ai bien noté…

— À quoi bon l'écrire, intervient le serpent, puisque tout le monde sait que tu n'es jamais d'accord avec moi !

— Arrêtons là pour aujourd'hui, tempère l'insecte. Demain, je vous dévoilerai un nouveau thème de débat et, avec votre consentement, je propose que ce soit le dernier, afin de mettre un point final à ce projet.

— Pourquoi pas, dit le volatile.

— C'est vrai, passons à autre chose, dit le reptile. Voilà un paquet de millénaires qu'on discutaille… T'as dû en écrire, des feuilles, depuis le temps !…

— Mais quel titre allons-nous donner à cette œuvre ? demande l'aigle.

— Tiens oui ; voilà une bonne question, complète son comparse. Tu vois, Anzu, pour une fois je suis d'accord avec toi.

— Ouais… marmonne l'oiseau. Quand ça t'arrange.

— Et alors ? C'est un début, non ? dit le cobra.

— Je crois que j'ai trouvé le titre qui créera l'unanimité, dit l'insecte. « Le Naganzu ».

— Le quoi ?!…

— « N.A.G.A.N.Z.U » épelle le scarabée.

— Évidemment, dit l'aigle, ton nom arrive en premier… Et pourquoi pas l'inverse ?

— J'ai juste respecté l'ordre du monde, s'excuse leur scribe. Ce n'est pas de ma faute si les plantes, les arbres et tout le reste poussent de bas en haut !…

— Ah… Tu vois !… Voilà une parole pleine de sagesse, dit Naga.

— Ouais… Pas de sagesse. De bon sens. Ne confonds pas, veux-tu, corrige son acolyte.

— Va pour le bon sens. J'en suis, dit le cobra.

— En tout cas, j'ai droit à ma revanche, ajoute l'oiseau.

— Pas de problème, répond le reptile. Tu joues avec nous ? demande-t-il au scarabée.

— Euh… Non merci, se défile ce dernier. Je vais me mettre tout de suite à l'ouvrage et recopier l'échange d'aujourd'hui.

Il disparaît alors en passant non loin de vous. Après

un moment, vous décidez de sortir de votre cachette et allez les trouver.

# <26.a>

Entre-temps, les deux compères ont sorti des pions et un plateau de jeu au parcours circulaire d'une centaine de cases. L'aigle et le serpent sont en train de jouer ; ils ne semblent pas avoir remarqué votre présence. Vous n'êtes pas surpris de les voir reprendre leur éternelle dispute.

— Tricheur ! lance l'aigle.

— Pas du tout, rétorque le serpent. J'ai passé mon tour et maintenant c'est à moi de jouer. Je ne vais quand même pas croupir sur cette case jusqu'à la fin des temps !

— Et pourquoi pas ! Ça me fera des vacances.

— Et avec qui tu jouerais, hein ?!

— Avec qui ?… Avec notre invité que voilà, dit Anzu en vous désignant.

— Ah ! Vous tombez à pic, vous ! dit le reptile. À trois, cet oiseau de malheur ne pourra plus tricher.

— Nous verrons bien qui est le plus tricheur de nous deux, dit l'aigle.

— Euh… Excusez-moi de vous déranger, dites-vous, mais comment dois-je faire pour embarquer vers l'Archipel de l'Amour ?

— Justement, dit le reptile, nous allions vous le proposer.

— Il ne manquait plus que vous, complète son comparse. On s'entraînait juste, en attendant.

— Démarrer quoi ? demandez-vous suspicieux.

— La partie ! répondent-ils en chœur.

— La partie ?!… Quelle partie ?

— La dernière, dit l'un en vous montrant le plateau

et les pions posés à même le sol.

— C'est nous qui l'avons inventé, ajoute l'autre ; histoire de tuer le temps. C'est parfois long, l'éternité !...

— Quand on en a marre de se bagarrer, on s'en fait une petite pour se détendre.

— Tu parles d'une détente !...

— Est-ce de ma faute si tu triches sans arrêt ?

— Qui est-ce qui change les règles, hein !? C'est moi, peut-être ?...

— Depuis quand faut-il sortir un six pour démarrer ? Je croyais que c'était le un.

— Pas du tout. Un six. Comme les six têtes de Yasara.

— Ah ! Il a bon dos, celui-là !... Et pourquoi pas les six îles de l'Archipel de l'Amour, pendant que tu y es !

— Il n'y en a pas six, mais sept.

— Sept ?

— Regarde par toi-même, dit le reptile en indiquant le plateau de jeu : la Rencontre, la Passion, la première Crise, l'Enfant, le Quotidien, la deuxième Crise et la Séparation. Tu oublies tout le temps qu'il y a deux Îles de la Crise. À quoi te servent tes trois yeux, si tu ne sais même pas compter !?...

— Si tu continues à cracher ton venin de vipère, je n'aurais pas besoin de compter jusqu'à trois avant de te couper en rondelles pour fabriquer de nouveaux jetons !...


— C'est justement ces Îles-là, que je cherche ? intervenez-vous.

— Et bien les voilà !

— Mais, les vraies îles ? Où sont-elles ?

215

— Les vraies ?...

— Oui. L'Île de la Passion et toutes les autres dont on m'a parlé.

— Mais qui donc vous a raconté de telles sornettes, dit le cobra ?

— Vous. Vous et tous les autres...

— Pour les autres, je ne dis pas, admet l'oiseau ; je ne les ai jamais trouvés bien nets ! Mais, nous ?... Ce n'est pas notre genre, n'est-ce pas Naga ?

— Pour une fois, je suis d'accord avec toi Anzu.

— Pas une ; deux fois, reprend l'oiseau.

— Deux fois ? s'inquiète le serpent.

— Oui. Tu étais déjà d'accord avec moi, tout à l'heure, dit le volatile.

— Ouh la ! s'exclame le reptile. Va falloir qu'on se programme une bagarre. Je me ramollis.

— Allons, dites-moi la vérité ! vous emportez-vous. J'en ai plus qu'assez de ce petit jeu !

— Il ne veut plus jouer, dit l'un.

— Dommage. On commençait à bien s'amuser, renchérit l'autre. Il est pressé de rentrer chez lui ?

— Il en a marre de nous...

— Remarque, je le comprends...

— Alors ?... interrogez-vous.

— Alors quoi ? reprennent-ils.

— Pourquoi tous ces mensonges ?

— Si on ne vous avait pas appâté avec nos Îles amoureuses, explique le cobra après un léger silence, vous n'auriez pas accepté toutes ces épreuves.

— Alors c'était juste un appât ? demandez-vous dépité.

— Si, à présent, vous pensez être exactement le même

qu'au début de votre aventure, alors, de toute évidence, nous vous avons fait perdre votre temps, dit l'un.

— Mais si tous ces détours n'ont pas été vains et inutiles, ajoute son compère, alors vous pourrez partir à la recherche de votre futur partenaire avec, nous l'espérons, un petit quelque chose en plus qui pourra se révéler décisif.

— C'est vrai, dit l'aigle, nous avons un peu menti.

— Mais juste un peu. Et c'était pour votre bien, dit le serpent.

— Vous n'êtes pas fâché, au moins ? s'inquiètent-ils.

Vous suspendez un instant votre réponse ; juste revanche…

— Ben non !… J'ai rarement l'occasion de faire des rencontres aussi inattendues, dites-vous.

— Ça c'est sûr, dit le volatile. Ce n'est pas demain que vous croiserez un aigle de mon espèce !

— Et quand vous parlerez de moi à vos proches, dit le reptile, ils n'en croiront pas leurs oreilles !

— Mais en attendant, je fais quoi, moi ?

— Et bien, soit vous jouez une dernière partie avec nous… propose Naga.

— …soit vous rentrez chez vous, complète Anzu.

— Une dernière partie ?… Mais dans quel but ?

— Dans quel but, reprend l'un ?

— Pour rien. Pour le plaisir, enchaîne l'autre.

— Ou pour nous faire plaisir ! finissent-ils en chœur.

> > >

> *Si vous n'avez plus de temps à perdre et préférez quitter au plus vite ce monde étrange : allez en <26.b>* *(p. 220).*

> *Dans le cas contraire, continuez page suivante.*

Vous acceptez leur proposition. Sans surprise, vous êtes obligé de jouer trois manches avant de gagner. Après quelques congratulations à votre adresse, l'aigle et le serpent enlèvent chacun leur médaillon qu'ils collent l'un contre l'autre pour n'en former plus qu'un.

— Tenez, dit Naga en vous tendant l'objet, un souvenir du pays.

— Cela vous portera chance, dit Anzu.

Très touché par leur geste, vous ne savez que dire en guise de remerciements. Mais y a-t-il encore quelque chose à rajouter ?... Vous prenez leur cadeau et découvrez que la tranche, tout comme les deux faces, comporte des signes énigmatiques dont seuls les trois premiers vous sont compréhensibles : « La Liberté / est la sève de / l'Amour » pouvez-vous lire en lettres minuscules.

Vous examinez avec attention ce médaillon extraordinaire.

— Et le reste, ça dit quoi ? demandez-vous.

— Ça, c'est une autre histoire !...

Long moment de silence... Vous sentez, tous les trois, que c'est l'heure du départ et qu'il ne servirait à rien de la repousser.

— Et bien au revoir, dit l'un.

— J'espère que vous vous souviendrez de nous, dit son comparse.

— Cela me sera difficile de vous oublier, dites-vous... Mais au fait ?...

— Oui ?

— Comment je fais pour quitter ce Jardin ? questionnez-vous.

— Il suffit de prendre le bateau...

— ...et de vous laisser guider par le vent.

Vous jetez un œil alentour à la recherche d'une quelconque embarcation.

— Un bateau ?... Mais je ne perçois rien de tel dans les parages.

Pour toute réponse, vos deux acolytes vous font signe de baisser les yeux. Vous découvrez alors le scarabée.

— Allez ; montre-lui Skep, dit l'un.

— « Si ces Messieurs Dames veulent bien me suivre, embarquement immédiat pour le Nouveau Monde !... »

Le serpent charge le scarabée sur son dos, et tous deux se dirigent à présent vers le grand océan. À peine ont-ils touché l'eau, ils se changent en un magnifique bateau d'osier recouvert de peau de serpent et flottant parfaitement. Il n'y manque que les voiles pour garnir ses trois-mâts. Où est passé l'aigle ?... Le voilà qui revient vers vous, tenant le plateau de jeu dans son bec.

— Tenez, dit-il en vous le tendant, vous en aurez peut-être besoin.

— C'est gentil à vous… dites-vous en prenant son offre. Mais, je ne connais pas les règles…

— Vous les découvrirez plus tard. D'ici là, vous pourrez toujours l'utiliser comme carte de navigation amoureuse.

— Ces îles sont donc réelles ? dites-vous en regardant le plateau.

— Qui sait… répond l'oiseau énigmatique. Mais attention ! N'oubliez jamais qu'une carte de navigation n'est pas une carte au trésor. Vous y trouverez surtout les principales escales possibles et les écueils à éviter, mais pas la route à suivre. Il y a mille et une manières d'aller d'un point à un autre. La carte n'est pas l'océan…

— Merci.

— Ah, juste un dernier détail avant de nous quitter, dit l'oiseau. Quand vous serez au large, vous croiserez « l'Île du Bonheur » qui n'existe sur aucune carte ; c'est là qu'habite Circé, la sorcière. Ne vous y arrêtez pas ; vous pourriez le regretter…

Avant même d'avoir pu le questionner à ce sujet, l'aigle s'élève dans les airs, et grandit, grandit, jusqu'à former, avec ses deux ailes et sa queue, les trois voiles qui complètent cette étonnante caravelle qui n'attend, désormais, plus que vous… En mettant un pied à bord, les souvenirs de ceux laissés dans l'autre monde, vous reviennent. Vous sentez qu'il est grand temps de rentrer. Vous avez hâte de revoir le pays que vous avez quitté, pour vous lancer dans cette incroyable aventure. Vous n'allez pas retrouver le paradis, mais vous êtes confiant.

Vous n'avez toujours pas réalisé la rencontre amoureuse attendue, mais cela semble moins important qu'auparavant. En fait, vous venez surtout de redécouvrir une ancienne connaissance perdue de vue : vous-même...

Vous larguez les amarres. Le vent se lève.

Le bateau prend le large.

Vous êtes seul.

Seul ?...

Non. En fermant les yeux, vous sentez deux présences diffuses à l'intérieur de votre corps : un serpent noir lové entre les reins et le nombril ; un aigle blanc planant entre les deux yeux. Avec ces deux compagnons, vous savez qu'une nouvelle histoire commence...

### ❧ FIN ❦

# l'Île du Bonheur

Le jour se lève et vous accostez. Vous touchez enfin au but de votre voyage. Plein d'enthousiasme et rempli d'images idylliques des tropiques, vous vous attendez à un comité d'accueil à la hauteur d'une glorieuse épopée comme la vôtre, avec danses, musique, fruits exotiques, parfums enchanteurs et créatures de rêve... Mais il faut vous rendre à l'évidence : cette île n'a rien de particulier, et paraît même inhospitalière. Vous lancez des « il y a quelqu'un ? » sans grande conviction, guettant la moindre présence humaine. Personne. Pas d'avantage d'animaux sur ce bout de rocher qui paraît délaissé par toute forme de vie, excepté trois maigres palmiers, juste assez pour justifier le nom d'île.

Las d'espérer une rencontre qui ne vient pas, vous décidez de grimper en haut d'une colline pour avoir une vue d'ensemble. Une fois sur place, vous découvrez un arbre sur lequel est planté un panneau « bienvenue à l'Île du Bonheur » qui a le mérite de vous rassurer : vous êtes apparemment au bon endroit. En attendant l'inspiration, vous vous asseyez contre le tronc. Que faire ? Où sont les autres ?... Votre estomac vous interpelle alors en vous signifiant, à sa manière, qu'il faudrait commencer par le ventre, avant d'assouvir le cœur ou l'esprit. Vous partez alors en quête de quelque nourriture, ce qui n'est pas difficile dans les parages. Oh, rien de très gastronomique ; mais, au vu de la tournure des événements, vous êtes prêt à vous contenter de n'importe quoi. Puis, vous retournez sous votre arbre et vous vous laissez emporter par le sommeil. Il faut dire que vous n'avez pas dormi de la nuit, tant vous aviez hâte d'arriver à cette dernière escale de votre périple. En quelques secondes, vous déambulez dans vos rêves habituels, là où les îles sont vraiment paradisiaques…

Dès votre réveil, vous sentez une présence à vos côtés. Vous découvrez une vieille déguisée en sorcière (ou l'inverse). La panoplie est complète : le dos courbé, le visage ridé et poussiéreux, les cheveux noir ébène qui semblent n'avoir jamais été peignés, les vêtements de bric et de broc, les ongles longs d'au moins dix bons centimètres, et puis, surtout, l'odeur : un mélange de soufre, de mare stagnante remplie de crapauds baveux, et de porcherie. Comme comité d'accueil, il y a mieux ! À défaut d'autre chose…

— Comment êtes-vous arrivé ici ? attaque d'entrée votre interlocutrice.

— Par la mer.

— Eh ! J'ai pris de l'âge, mais j'ai encore toute ma tête. Je ne parlais pas de cela ; je voulais dire, comment êtes-vous arrivé dans cet endroit qui n'est indiqué nulle part ? Qui vous a montré la route ?

— Euh…

— Vous êtes perdu ?… Ou peut-être traîniez-vous dans les parages, par curiosité ?… À moins que vous n'ayez eu envie de sauter quelques étapes, histoire de gagner du temps ?... Oui. C'est cela. Vous êtes pressé et vous souhaitez aller droit au but, sans franchir les préliminaires !... Alors ?...

— Quoi ?

— Vous vous êtes égaré ou vous cherchez à connaître de suite la fin ?

*Que lui répondez-vous ?*

> *Si vous déclarez que vous vous êtes perdu ou que vous avez suivi votre curiosité, vous vous retrouvez à la table d'orientation (p.233) pour retourner à votre dernière étape avant de débarquer ici.*

> *Dans le cas contraire, continuez page suivante.*

— Bien, reprend la sorcière, puisque vous n'avez pas de temps à perdre pour trouver l'Amour et le Bonheur, alors allons-y. Je ne vais pas vous faire mariner plus longtemps. Remplissez-moi juste cette petite décharge, dit-elle en vous tendant un vieux parchemin jauni et poussiéreux, et nous pourrons passer aux choses sérieuses.

Vous découvrez alors le curieux texte qui suit : « Je soussigné… déclare décharger Mme Circé, magicienne de son état, de toute conséquence néfaste que pourrait subir ma personne, après avoir utilisé son élixir d'amour dit Philtre du Bonheur. Fait en toute connaissance de cause, le… Signature. »

— Il faut signer ? vérifiez-vous à tout hasard.

— Pour sûr. En tout cas si vous tenez à connaître les charmes de l'Amour. J'ai déjà eu des plaintes concernant des effets secondaires mineurs ; alors depuis, je me couvre… C'est malheureux d'en arriver là, c'était plus simple de mon temps ; enfin bon, que voulez-vous, faut bien vivre avec son époque !…

— Euh… Vous n'auriez pas de quoi écrire, s'il vous plaît ?

— Mais pourquoi faire, par Belzébuth !?

— Pour signer, répondez-vous naïvement.

— Mais d'où qu'il sort, celui-là ?!… Eh ! Je suis magicienne, moi, pas commerçante. Alors faites-moi le plaisir d'écrire avec votre sang, comme de coutume.

— Euh…

— Quoi encore ?! Vous n'allez pas me dire qu'en plus je dois vous fournir l'aiguille ?! Si ?… C'est bien les amoureux, ça… Bon allez, tenez qu'on en finisse ; j'ai d'autres chats à fouetter, moi ! termine-t-elle en vous tendant la fameuse aiguille.

Après avoir recueilli quelques gouttes, vous lui retournez le parchemin rempli en bonne et due forme. La sorcière s'éloigne alors, après un laconique « Allez, bon séjour chez nous. »

— Eh attendez ! Je fais quoi, maintenant ?

— Débrouillez-vous ; c'est votre affaire, plus la mienne. Moi, j'ai fini mon boulot ; pour le reste, c'est à vous de jouer.

— Et le fameux philtre, alors ?

— Ça y est, je viens de vous le dire !

— Mais, je ne sens rien de spécial…

— Alors levez les yeux ! Quand on dit que l'amour rend aveugle, c'est pas exagéré ! s'emporte la vieille mégère.

Vous découvrez alors qu'entre-temps l'arbre s'est couvert de fruits.

— Il faut que je… les mange ?

— On ne peut rien vous cacher.

— Et… c'est quoi ?

— Des fruits de la passion, pardi ! Que vouliez-vous que ce soit ? Des pommes ? ironise l'ensorceleuse.

Vous doutez encore…

— Dites, au fait, c'est quoi ces effets secondaires dont vous parliez tout à l'heure ?…

— Oh, rien de méchant ; juste une petite erreur de formule. Mais, vous verrez, c'est l'histoire de quelques minutes et puis c'est oublié.

Vous dévisagez votre hôte qui ne bronche pas, vous hésitez, puis vous mangez le fruit de l'arbre. La métamorphose est fulgurante. Dans un éclat de rire sarcastique, la sorcière se met alors à danser comme si elle participait à un curieux sabbat.

# <30.a>

Vous voilà à quatre pattes, émettant des grognements de toutes sortes, dont la signification est une longue liste d'injures adressées à cette maudite magicienne qui vous a réduit, ni plus ni moins, à l'état de pourceau. Pour l'amour et la passion, vous êtes désormais servi : vous voilà pris d'un fort sentiment d'affection et d'attachement à l'égard de Circé qui vous nourrit tous les jours avec le reste de ses repas. Par chance, les effets secondaires de la potion ne durent qu'un temps, comme elle vous l'a dit, sans mentir. Le problème, c'est qu'ici le temps est éternel !… Vous aurez donc tout loisir de méditer cette parabole que vous découvrez gravée sur un mégalithe sommaire dressé au sommet de cet îlot perdu au milieu de nulle part :

« Il était une fois deux jumeaux identiques, à l'exception d'une chose, toutefois : le premier allait plus vite que le second. Né une seconde avant son frère, il marcha deux mois plus tôt. Il apprit à parler le premier et entra à l'école avec un an d'avance sur son jumeau. Il se maria et eut des enfants alors que l'autre vivait encore chez ses parents et n'avait toujours pas fini ses études. Et ainsi, le temps passant, un écart de plus en plus important se creusa entre les deux. En bout de course, le plus rapide finit naturellement le premier… en mourant vingt ans avant. »

> *Comme vous n'avez rien d'autre à faire, vous retournez sans vous presser en <30.a>, en haut de cette page. Vous avez désormais tout le temps…*

du même auteur

**Ysidro FERNANDEZ**
    - *GYM PSY les vitamines de l'esprit*
    - *l'AMOUR en 3D*
    - *Contes et Proverbes psy*
    - *la Bonne Question...*
    - *2042 venue de Jésus ou du dieu d'Internet ?*


**Ysidro FERNANDEZ & Jean-Pierre ERNST**
    - *Don PSYCHOTTE*
    - *Amour A mort*

Philosophe, psychologue.
Écrivain et clinicien au carrefour de la philosophie, de la
psychologie, du coaching et
de la sagesse.

YsidroFernandez@free.fr